W0200467

ullstein

Das Buch

Was Marlen Haushofer auszeichnet, ist ihre Fähigkeit, in scheinbar schlichter Sprache messerscharfe Beobachtungen anzustellen, die unter die Haut gehen. So auch in der meisterhaften Novelle *Wir töten Stella,* einer furiosen und nüchternen Darstellung der Machtstrukturen und -kämpfe in einer Familie, einer eiskalten Bestandsaufnahme einer gescheiterten Beziehung: Aus ängstlicher Bequemlichkeit und dem vergeblichen Wunsch, dem Sohn eine perfekte Familie vorzugaukeln, nimmt eine Ehefrau die Affären ihres Mannes leidend hin. Sie schreitet auch nicht ein, als Richard die neunzehnjährige Stella verführt. Diese nimmt sich schließlich aus Verzweiflung das Leben, und nun fühlt Anna sich mitschuldig, klagt sich an als Komplizin ihres Mannes …
»Ich wüßte kein von einer Frau geschriebenes Stück Literatur, das mich in meinem Dasein und Verhalten als Mann fundamentaler in Frage stellte als diese Prosa. Ich zähle sie [Marlen Haushofer] ohne Zögern zu den Künstlerinnen vom Rang Ingeborg Bachmanns, Christa Wolfs.« (Otto F. Walter)

In ihrer nicht minder gelungenen Novelle *Das fünfte Jahr* schildert Marlen Haushofer Ereignisse eines Jahres aus der Sicht einer Vierjährigen, die auf dem Hof ihrer Großeltern in den Bergen aufwächst. Auch hier kommt hinter der Zeit- und Sorglosigkeit des kleinen Mädchens die kalte, harte Realität zum Vorschein, muß sie erste staunende Erfahrungen mit dem Negativen im Leben machen …

Das fünfte Jahr wurde 1953 mit dem Förderungspreis des Österreichischen Staatspreises ausgezeichnet; für *Wir töten Stella* erhielt Marlen Haushofer 1963 den Arthur-Schnitzler-Preis.

Die Autorin

Marlen Haushofer wurde am 11. April 1920 in Frauenstein/Oberösterreich geboren. Sie studierte Germanistik in Wien und Graz und lebte später mit ihrem Mann und zwei Söhnen in Steyr. Marlen Haushofer starb am 21. März 1970 in Wien. Sie wird zu den bedeutendsten Schriftstellerinnen Österreichs gezählt. Obwohl sie unter anderem 1968 mit dem Österreichischen Staatspreis für Literatur ausgezeichnet wurde, hatten ihre Bücher erst nach ihrem Tod großen Erfolg, als die Frauenbewegung sie für sich entdeckte.

In unserem Hause sind von Marlen Haushofer bereits erschienen:

Bartls Abenteuer
Begegnung mit dem Fremden
Schreckliche Treue. Gesammelte Erzählungen
Himmel, der nirgendwo endet
Die Mansarde
Die Wand

Marlen Haushofer

Wir töten Stella
Das fünfte Jahr

Novellen

Ullstein

Besuchen Sie uns im Internet:
www.ullstein.de

Wir verpflichten uns zu Nachhaltigkeit

- Klimaneutrales Produkt
- Papiere aus nachhaltiger Waldwirtschaft und anderen kontrollierten Quellen
- ullstein.de/nachhaltigkeit

FSC
www.fsc.org
MIX
Papier aus verantwortungsvollen Quellen
FSC® C083411

Ungekürzte Ausgabe im Ullstein Taschenbuch
1. Auflage Mai 2003
10. Auflage 2022
© Ullstein Buchverlage GmbH, Berlin 2005
© 2003 by Ullstein Heyne List GmbH & Co. KG
© 1992 by Claassen Verlag, Hildesheim
© 1986 by claassen Verlag, Düsseldorf
Umschlaggestaltung Büro Jorge Schmidt, München
Titelabbildung: plainpicture
Satz: KompetenzCenter, Mönchengladbach
Druck und Bindearbeiten: CPI books GmbH, Leck
ISBN 978-3-548-29139-0

INHALT

Wir töten Stella 7

Das fünfte Jahr 61

WIR TÖTEN STELLA

Ich bin allein, Richard ist mit den Kindern zu seiner Mutter gefahren, um das Wochenende dort zu verbringen, und die Bedienerin habe ich abbestellt. Natürlich hat mich Richard aufgefordert, mitzukommen, aber nur weil er wußte, ich würde nein sagen. Meine Anwesenheit hätte ihn und Annette nur gestört. Und ich wollte ja endlich allein sein.

Zwei Tage liegen nun vor mir, zwei Tage Zeit, um niederzuschreiben, was ich zu schreiben habe. Aber ich kann mich schlecht sammeln, seit dieser Vogel in der Linde schreit. Es wäre mir lieber, ich hätte ihn heute früh nicht entdeckt. Das verdanke ich meiner schlechten Gewohnheit, stundenlang am Fenster zu stehen und in den Garten zu starren. Hätte ich nur einen flüchtigen Blick hinausgeworfen, wäre er mir nie aufgefallen. Sein Gefieder ist so grüngrau wie die Rinde des Baumes. Erst nach einer halben Stunde bemerkte ich ihn, weil er zu schreien und zu flattern anfing. Er ist noch so jung, daß er nicht fliegen und noch viel weniger Mücken fangen kann.

Zunächst dachte ich, seine Mutter werde sogleich kommen und ihn ins Nest zurückbringen, aber sie kommt nicht. Ich habe das Fenster geschlossen und höre ihn noch immer schreien. Aber sie wird bestimmt kommen und ihn holen. Wahrscheinlich hat sie noch andere Junge zu versorgen. Er schreit übrigens so laut, daß sie ihn, wenn sie am Leben ist, unbedingt hören muß. Es ist lächerlich, daß dieser winzige Vogel mich so irritiert – ein Zeichen für den schlechten Zustand meiner Nerven. Schon seit einigen Wochen sind meine Nerven in diesem elenden Zustand. Ich kann keinen Lärm hören, und manchmal, wenn ich einkaufen gehe, fangen plötzlich meine Knie zu zittern an und der Schweiß bricht mir aus. Ich spüre, wie er in Tropfen über Brust und Schenkel rinnt, kalt und klebrig, und ich fürchte mich.

Jetzt fürchte ich mich nicht, denn in meinem Zimmer kann mir nichts geschehen. Außerdem sind sie ja alle fortgegangen. Nur das Fensterglas sollte viel stärker sein, daß ich dieses Geschrei nicht mehr hören müßte. Wäre Wolfgang hier, würde er versuchen, den Vogel zu retten, aber natürlich wüßte er ebensowenig wie ich, was man tun könnte. Man muß eben abwarten, die Vogelmutter wird noch kommen. Sie muß kommen. Ich wünsche es mit meiner ganzen Kraft.

Übrigens kann mir ja auch auf der Straße nichts geschehen. Wer, in Gottes Namen, sollte mir denn etwas antun? Und selbst wenn ich in ein Auto liefe, wäre es nicht schlimm, ich meine, nicht wirklich schlimm.

Aber ich bin ja so vorsichtig. Ich schaue jedesmal nach links und rechts, ehe ich über die Straße gehe, aus Gewohnheit; wie man es mir beigebracht hat, als ich noch ein kleines Mädchen war. Nur der freie Raum um mich herum macht mir Angst. Man merkt es mir aber nicht an, niemand hat es noch bemerkt.

Sie kann doch höchstens im nächsten Garten sein, oder im übernächsten. Jedes Haus hier hat einen Garten, unserer ist einer der größten und ungepflegtesten. Er ist nur dazu da, damit ich ihn vom Fenster aus sehen kann. Jetzt sind endlich die Lindenblätter herausgekommen, seit es so warm geworden ist. Alles ist ja heuer um Wochen verspätet. Ja, es scheint mir seit einigen Jahren, daß unser Klima sich allmählich verschiebt. Wo sind die glühenden Sommer meiner Kindheit, die schneereichen Winter und der zögernde, sich ganz langsam entfaltende Frühling?

Wenn es plötzlich wieder kalt würde, wäre das sehr böse für den kleinen Vogel. Aber ich mache mir unnötige Sorgen, es ist ja sogar ein wenig föhnig. Es kommt ja auch gar nicht an auf diesen winzigen Vogel, es gibt ja so viele von ihnen. Wenn ich ihn nicht gesehen und gehört hätte, wäre er mir ganz gleichgültig.

Ich wollte ja auch gar nicht über diesen unglückseligen Vogel schreiben, sondern über Stella. Ich muß über sie schreiben, ehe ich anfangen werde, sie zu vergessen. Denn ich werde sie vergessen müssen, wenn ich mein altes ruhiges Leben wieder aufnehmen will.

Denn das ist es, was ich wirklich möchte, in Ruhe leben können, ohne Furcht und ohne Erinnerung. Es genügt mir, wie bisher, meinen Haushalt zu führen, die Kinder zu versorgen und aus dem Fenster in den Garten zu schauen. Wenn man sich ruhig verhält, so dachte ich, kann man nicht in die Angelegenheiten anderer verstrickt werden. Und ich dachte an Wolfgang. Es war so angenehm, ihn täglich um mich zu haben. Vom Tag seiner Geburt an hat er immer zu mir gehört. Hätte ich Stellas wegen unser friedliches Beisammensein gefährden sollen?

Nun, es hätte nicht schlimmer für mich enden können, wenn ich es getan hätte. Stella rächt sich an mir und nimmt mir das einzige, an dem mein Herz noch hängt. Aber das ist Unsinn. Stella kann sich ja gar nicht rächen, sie war schon als Lebende so hilflos, wie hilflos muß sie erst jetzt sein. Ich selber räche Stella an mir, das ist die Wahrheit, und es ist auch ganz in Ordnung so, so sehr ich mich dagegen sträube.

Freilich habe ich immer schon gewußt, es würde einmal der Tag kommen, es hätte dazu nicht Stellas bedurft. Früher oder später wäre Wolfgang für mich verloren gewesen. Er gehört zu den Leuten, die sich keine Illusionen machen und die Konsequenzen ziehen. Auch ich mache mir keine Illusionen, aber ich lebe so, als machte ich mir welche. Früher dachte ich, ich könnte noch einmal von vorne anfangen, aber dazu ist es jetzt viel zu spät, dazu war es eigentlich immer zu spät, nur wollte ich das nicht zur Kenntnis nehmen.

Nichts könnte sich mehr lohnen, denn Wolfgang ginge doch von mir weg. Und das ist gut für ihn.

Irgendwo las ich, daß man sich an alles gewöhnen könne und Gewohnheit die stärkste Kraft in unserem Leben sei. Ich glaube es nicht. Es ist nur die Ausrede, die wir gebrauchen, um nicht über die Leiden unserer Mitmenschen nachdenken zu müssen, ja, um nicht einmal über unsere eigenen Leiden denken zu müssen. Es ist wahr, der Mensch kann vieles ertragen, aber nicht aus Gewohnheit, sondern weil ein schwacher Funke in ihm glimmt, mit dessen Hilfe er in aller Stille hofft, eines Tages die Gewohnheit zerbrechen zu können. Daß er es meist nicht kann, aus Schwäche und Feigheit, spricht nicht dagegen. Oder sollte es zwei Sorten Menschen geben, die einen, die sich gewöhnen, und die anderen, die es nicht können? Das kann ich nicht glauben; wahrscheinlich ist es nur eine Frage der Konstitution. Wenn wir in ein gewisses Alter kommen, befällt uns Angst und wir versuchen etwas dagegen zu tun. Wir ahnen, daß wir auf verlorenem Posten stehen, und unternehmen verzweifelte kleine Ausbruchsversuche.

Wenn der erste dieser Versuche mißlingt, und er tut es in der Regel, ergeben wir uns bis zum nächsten, der schon schwächer ist und uns noch elender und geschlagener zurückwirft.

So trinkt Richard regelmäßig seinen Rotwein, ist hinter Frauen und Geld her, meine Freundin Luise verfolgt junge Männer, deren Mutter sie sein könnte, und ich stehe vor dem Fenster und starre in den Garten hinaus. Stella, dieser dummen jungen Person, ist gleich der erste Ausbruchsversuch geglückt.

Es wäre mir viel lieber, ich könnte mit ihr tauschen und müßte nicht hier sitzen und ihre jämmerliche Geschichte schreiben, die auch meine jämmerliche Geschichte ist. Viel lieber wäre ich tot wie sie und müßte den kleinen Vogel nicht mehr schreien hören. Warum schützt mich niemand vor seinem Geschrei, vor der toten Stella und dem quälenden Rot der Tulpen auf der Kommode? Ich mag rote Blumen nicht.

Meine Farbe ist Blau. Es gibt mir Mut und rückt alle Menschen und Dinge von mir ab. Richard glaubt, ich trage meine blauen Kleider nur, weil sie mir zu Gesicht stehen; er weiß nicht, daß ich sie zum Schutz trage. Niemand kann mich in ihnen verletzen. Das Blau hält alles von mir fern. Stella liebte Rot und Gelb, und sie lief in dem roten Kleid, das ich ihr geschenkt hatte, in einen gelblackierten Lastwagen.

Dieser strahlend gelbe Tod, der wie eine Sonne auf sie zustürzte, ich glaube, er war schön und schrecklich, wie wir ihn aus den Sagen der Alten kennen.

Ich mußte sie identifizieren. Ihr Gesicht war unverletzt, aber grünlich weiß und viel kleiner, als es mir im Leben erschienen war. Der verstörte und halb wahnsinnige Ausdruck der letzten Tage war daraus gewichen und hatte einer eisigen Stille Platz gemacht.

Stella war immer ein wenig schwerfällig und scheu gewesen, auch wenn sie froh war, blieb ihr regelmäßiges, großflächiges Gesicht unbewegt. Es blühte dann von innen her auf bis in die Lippen. Stella war eine kurze Zeit hindurch sehr glücklich gewesen, aber sie war unfähig, die Spielregeln zu erlernen, sie konnte sich nicht anpassen und mußte untergehen.

Von einer leichtfertigen und habgierigen Mutter war sie schon als Kind in ein Internat gesteckt worden. Ich erinnere mich, sie damals, vor etwa fünf Jahren, in der Kirche beobachtet zu haben. Sie kniete neben mir, das Gesicht der Monstranz zugewandt, die Augen weit geöffnet, die Lippen ein wenig vorgewölbt, hingegeben und offen. Und mit demselben Ausdruck starrte sie später auf die Abendzeitung, hinter der sich Richards Gesicht verbarg. Auch Wolfgang sah es. Er errötete und erblaßte, und schließlich verschluckte er sich, um meine Aufmerksamkeit von Stella abzulenken. Mit seinen fünfzehn Jahren wußte er ebensogut wie ich, was vor unseren Augen geschah, und er versuchte verzweifelt, mich vor diesem Wissen zu schützen, während ich einzig und allein bestrebt war, ihn aus dem Spiel zu halten, und so genau das tat, was ich nicht hätte tun dürfen, nämlich nichts.

Während Stella, unfähig, ihr einziges großes Gefühl zu verbergen, unaufhaltsam in ihr Unglück glitt und Richard uns mit seiner glatten Bonhomie zu täuschen versuchte, bemühte ich mich, nichts zu sehen und zu hören. Wolfgangs wegen und auch mir selbst zuliebe, denn ich hasse nichts mehr als Auftritte, Auseinandersetzungen, und schon eine gespannte Stimmung genügt, um mich auf Wochen verstört und unruhig zu machen.

Die Einsamkeit und Ruhe meines Zimmers, die Aussicht auf den Garten, die Zärtlichkeit, die mich bei Wolfgangs Anblick erfüllt, hätte ich das alles – und es ist alles für mich – aufs Spiel setzen sollen, um eines Mädchens willen, das dumpf und unaufhaltsam in sein Schicksal rannte, von Anbeginn verurteilt, mit seinem einfachen, törichten Gefühl an unserer zerfallenden, gespaltenen Welt zu scheitern?

Nun, es war mir nicht der Mühe wert, aber es hätte mir der Mühe wert sein müssen, denn Stella war das junge Leben und ich ließ es in eine dieser mordenden Blechmaschinen laufen.

Man kann auf ganz verschiedene Weise zugrunde gehn, aus Dummheit ebensogut wie aus übertriebener Vorsicht; die erste Art erscheint mir würdiger, aber sie ist nicht die meine.

Luise, Stellas Mutter, kam erst nach dem Begräbnis. Sie war verreist gewesen, und kein Mensch in der kleinen Provinzstadt, in der sie lebt, wußte, wohin. Als wir sie endlich erreichen konnten, war schon alles vorüber. Richard hatte diese Sache erledigt, gut und passend, wie er alles zu erledigen pflegt. Luise, sie war übrigens mit ihrem Freund, einem jungen Magister, in Italien gewesen, saß uns nun in unserem Wohnzimmer gegenüber und schluchzte.

Richard sagte ihr Gemeinplätze, die aus seinem Mund viel überzeugender klingen als aus dem meinen, Worte der wahren Anteilnahme. Seine Augen wurden tiefblau und feucht, sie werden es auch, wenn er erregt oder betrunken ist, und ich mußte an die Kränze auf dem kahlen Hügel denken. Es waren übrigens nicht viele Kränze, denn Stella hatte in dieser Stadt nur uns und ein paar Schulfreundinnen. Ich dachte an den Hügel und an Stellas ausgebluteten, zerquetschten Körper in seinem hölzernen Gefängnis. Zum erstenmal überfiel mich das Mitleid. Es war töricht und absurd, denn Stella war tot, und doch schwoll das Mitleid in mir an wie ein körperlicher Schmerz, der wie ein Klumpen in meiner Brust saß und bis in die Finger ausstrahlte. Aber dieser Schmerz galt nicht mehr Stella, sondern ihrem toten Körper, der nun zum Zerfall verurteilt war.

Ich hörte Richard reden, verstand aber nicht, was er sagte. Von Entsetzen gepackt, sah ich nur seine Augen, die so feucht und lebendig waren. Jedes Haar an ihm lebte, seine Haut, sein Atem, seine Hände, und ich konnte nicht mehr atmen bei diesem Anblick.

Von außen gesehen waren wir ein Ehepaar in mittleren Jahren, das versuchte, eine schmerzgebeugte Mutter zu trösten. Nur ist Luise keine schmerzgebeugte Mutter. Stellas Tod kam ihr sehr gelegen. Das wußten wir, und sie wußte, daß wir es wußten, aber sie seufzte und weinte, wie es ihre Rolle verlangte.

Nun, da Stellas Erbteil, die Apotheke, an sie fällt, kann sie ihren Magister heiraten, der sie ohne diese Morgengabe nie genommen hätte. Sie kann sich diesen jungen, kräftigen Mann kaufen und sich eine Zeitlang einreden, daß sie Glück gehabt hat.

Stella war für uns alle eine Last gewesen, ein Hindernis, das nun endlich aus dem Weg geräumt war. Noch besser wäre es natürlich gewesen, sie hätte sich glücklich verheiratet, wäre ausgewandert oder sonst auf irgendeine Weise aus unserem Gesichtskreis verschwunden. Aber verschwunden war sie auf jeden Fall, und man konnte sie endgültig vergessen.

Ich bemerkte an Richard, wie sehr er sie schon vergessen hatte, da bei ihm Vergessen eine Sache des Körpers ist. Sein Körper hat Stella vergessen; groß, breit und hungrig nach neuen Frauen und Sensationen saß er neben mir und tätschelte Luises magere Vogelfinger mit seiner breiten gepflegten Hand, die sich immer trocken, warm und angenehm anfaßt.

Und Luises Gewimmer verstummte unter dieser Wärme und unter dem Klang seiner beruhigenden Stimme.

»Immer«, stöhnte sie, »hab' ich ihr gesagt, gib acht, wenn du über die Straße gehst. Ich möchte nur wissen, wo sie ihre Gedanken gehabt hat.«

»Ja«, sagte Richard bekümmert, »das möchten wir auch wissen, nicht wahr, Anna?«

Er sah mich an, und ich nickte. Keine Spur von Ironie schwang in seiner Stimme mit. Ich entschuldigte mich und sagte, daß ich in die Küche sehen müsse. Ich ging aber nicht in die Küche, sondern ins Badezimmer, und fing an, ein wenig Rouge aufzulegen. Die Blässe kleidet mich nicht.

Auch Stella war in den letzten Wochen blaß, aber sie war neunzehn und das Leiden verfeinerte ihr Gesicht und machte es erwachsen und reizvoll. Eine Frau über Dreißig müßte aufhören können zu leiden, es tut ihrem Aussehen dann nicht mehr gut.

Als Stella zu uns kam, war ihre Haut leicht gebräunt. Sie war schön, aber ganz ohne Scharm und Grazie. Für den modernen Geschmack war sie ein wenig zu gesund und kräftig. Es hat ja später auch eines schweren Lastwagens bedurft, um das Leben aus ihrem Körper zu quetschen. Es war so rücksichtsvoll von Stella, wie zufällig vom Gehsteig zu treten, so daß man ein Unglück annehmen konnte. Und es zeigt, wie wenig Luise ihre Tochter gekannt hatte, daß sie an dieses Unglück glaubte. Denn Stellas Verträumtheit war die eines schläfrigen, starken jungen Tieres, das wie im Traum seinen Weg durch das Gewühl der Stadt findet. Nicht einmal der Fahrer des Lastwagens, ein junger primitiver

Mensch, hat an das Unglück geglaubt. Stella wollte tot sein, und mit der gleichen besinnungslosen Selbstaufgabe, mit der sie sich ins Leben hatte fallen lassen, fiel sie aus dem Leben, das vergessen hatte, sie festzuhalten mit ein wenig Liebe, Güte und Geduld. Wir haben Ursache zur Dankbarkeit. Wie peinlich wäre es gewesen, hätte sie Schlafpulver genommen oder sich aus einem Fenster gestürzt. Ihre Vornehmheit, die eine Vornehmheit des Herzens war, zeigte sich in der Art, in der sie starb, uns allen die Möglichkeit schenkend, an ein sinnloses Unglück zu glauben.

Aber was nützt mir das, wenn der einzige, der es wirklich hätte glauben müssen, es nicht glaubt und niemals glauben wird. Immer wird Stella zwischen mir und Wolfgang stehen. Die Zeit der kindlichen Zärtlichkeit und des Vertrauens ist vorüber. Wolfgang verabscheut seinen Vater und verachtet mich wegen meiner Feigheit. Erst viel später wird er mich verstehen, dann nämlich, wenn er wie ich von einem Zimmer ins andere gehen wird, allein mit der Unruhe und dem Wissen um die völlige Ausweglosigkeit des Kerkers. Aber dann werde ich nicht mehr sein, so wie mein Vater nicht mehr ist, dessen ironisches Gewährenlassen mich als Kind mit Unsicherheit erfüllte. Der Blick, der mich traf, wenn ich mit meinen Puppen spielte, ist der Blick, mit dem ich Wolfgang folge, wenn er mit seinem Freund zum Tennis geht und mit dem er schon jetzt die Spiele seiner kleinen Schwester beobachtet.

Wenn Wolfgang jetzt bei mir wäre, würde er versuchen, den Vogel in der Linde zu retten, und ich müßte ihn davon abhalten, denn wenn die Vogelmutter nicht mehr kommt, ist dem Kleinen nicht zu helfen, weil er noch nicht allein fressen kann. Nur seine Mutter könnte ihn retten, und ich fange an, an ihrem Kommen zu zweifeln. Er schreit so jämmerlich, daß es mich ans Fenster treibt. Er ist entschieden noch kleiner geworden, als er war, obgleich er schon am Morgen so winzig war, daß ich mir einen kleineren Vogel gar nicht vorstellen konnte. Ich sehe ihn jetzt deutlich, ein Federhäufchen, das wild vor Angst und Hunger Schnabel und Augen aufreißt. Seine Mutter wird nicht mehr kommen. Ich habe das Fenster wieder geschlossen. Die Sonne bescheint ihn jetzt. Vielleicht wird er einschlafen und ich werde ein paar Stunden Ruhe haben, wenn ich ihn in Sicherheit weiß. Durch dieses Geschrei verliert er auch viel zu früh die Kraft. Vielleicht ist er durstig, bestimmt sogar. Aber es ist lächerlich, sich von einem Vogel stören zu lassen. Richard würde mich auslachen. Ich muß einfach glauben, daß seine Mutter ihn finden wird. Manchmal scheint es mir, daß meine Unfähigkeit zu glauben das Unheil erst anzieht. Vielleicht wäre Richard nie der geworden, der er heute ist, hätte ich ihm blind geglaubt, vielleicht wäre alles anders gekommen, hätte mein Vater, damals, als ich Richard ins Haus brachte, uns nicht so merkwürdig angesehen. Woher konnte er wissen, wer gab ihm das Recht zu wissen, was kommen würde, und wer gibt mir das Recht, Wolfgang mit meinen Blicken zu verfolgen, wie ich auch Richard und Stella damit verfolgt habe.

Man müßte sich angewöhnen, an den Menschen und Dingen vorbeizuschauen, man dürfte niemals seine Gedanken ins Auge treten lassen. Noch besser wäre es freilich, man könnte aufhören zu denken, denn schon unsere Gedanken töten. Ich dachte: »Er wird Stella zugrunde richten.« Ich dachte es so lange, bis es geschah. Ich weiß, daß Richard vor meinen Gedanken Angst hat. Abergläubisch, wie alle vitalen Naturen, fürchtet er nur, was er mit seinen Mitteln nicht erfassen und verstehen kann. Aber er ist stark genug, um diese Angst beiseite zu schieben, wie er alles beiseite schiebt, was ihn in seinen Plänen behindern würde.

Warum hat mich nichts gewarnt an jenem Septemberabend, als Stella zu uns kam? Warum schlug ich Luise ihre Bitte nicht einfach ab? Es paßte mir doch gar nicht, daß ich dieses fremde junge Mädchen bei uns aufnehmen sollte, und auch Richard war nicht erbaut von diesem Gedanken. Er gab seine Zustimmung nur mir zuliebe und weil Stellas Aufenthalt ja nur zehn Monate dauern sollte. Luise ist meine Freundin, das heißt, sie behauptet seit dreißig Jahren, es zu sein. Gar nie hab' ich sie gemocht, schon in der Schule nicht, denn schon als Kind war sie geizig, intrigant und bösartig. Immer wollte Luise meine Sachen haben, damals brachte sie mich um meine Radiergummis, Lackgürtel und Wurstbrote, später wollte sie die Männer, die mir den Hof machten, und jetzt hat sie schließlich mit Hilfe ihrer Tochter meine so mühsam errungene Ruhe zerstört. Ein Unglücksrabe ist diese Luise, häßlich, vertrocknet und mannstoll. Aber nie ist es mir gelungen, Richard davon zu überzeugen, daß sie mir nur lästig ist. Er begreift einfach nicht, daß es Leute gibt, die man verabscheut und denen man doch nicht entgeht. Nie im Leben wäre Richard in eine derartige Lage gekommen. Er schüttelt jeden Menschen ab, der nicht auf irgendeine Weise für ihn von Nutzen ist. Auch Stella konnte er nicht lange brauchen; einige Wochen, nicht länger. Sie war ihm viel zu unbequem. Was konnte ein Spieler wie er mit diesem schwerfälligen und ernsthaften Kind anfangen? Keine Frau hat ihn so bald gelangweilt wie Stella.

Richard hatte sie nie zuvor gesehen. Luise pflegte stets ohne ihre Tochter zu verreisen, und er hatte sich eine ganz falsche Vorstellung von ihr gemacht. Ich kann heute noch nicht glauben, daß Stella wirklich Luisens Tochter war, obgleich daran kein Zweifel möglich ist. Stellas Vater muß ein gewissenloser Patron gewesen sein, daß er es fertigbrachte, mit Luise ein Kind zu zeugen. Später scheint er diese Anwandlung bereut zu haben und versuchte durch ein ebenso raffiniertes wie kurzsichtig abgefaßtes Testament sein Kind vor seiner Frau zu schützen, indem er Luise nur zur Nutznießerin des Vermögens einsetzte und Stella die Apotheke vererbte. Es wäre aber doch besser gewesen, er hätte das nicht getan, denn damit schuf er seiner Tochter eine *unerbittliche* Feindin. Das Beste, was Luise je für Stella getan hat, war, daß sie das Kind, das bei ihr verschüchtert in einem Winkel zu sitzen pflegte, als es ihr immer hinderlicher wurde, in eine Klosterschule steckte. Dort fand Stella immerhin so viel Liebe, daß sie acht Jahre hindurch davon leben konnte. Eigentlich hätte sie ja Pharmazie studieren sollen, aber diese Ausbildung lag nicht in Luises Sinn – je weniger Stella verstand von dem, was sie verstehen sollte, desto besser für Luise. Da Stella aber schließlich irgend etwas tun mußte und ihre Mutter sie einfach nicht brauchen konnte neben ihren Freundinnen, Hunden und Liebhabern, verfiel sie auf den Gedanken, Stella an mich abzuschieben, wenigstens für ein Jahr, solange eben der Handelskurs dauert. Luise muß sich damals in stiller Verzweiflung immer wieder gesagt haben, daß der Tag von Stellas Großjährigkeit immer näher rückte. Natürlich wäre auch das nicht ihr Untergang gewesen, denn es verblieb ihr ein Legat, und gewiß hatte sie sich in den vergangenen Jahren genug bereichert, kaum behindert von einem alten, halb schwachsinnigen Vormund. Aber es gab ja auch noch diesen jungen Menschen, den sie unbedingt heiraten wollte, den sie sich aber, wie sie wohl wußte, nur *erkaufen* konnte. Ich gebe zu, es war für sie eine aussichtslose Situation.

So kam Stella zu uns, wieder einmal von ihrer Mutter zur Seite geschoben und auch von uns nicht freudig erwartet.

Unser Haushalt ist nämlich so beschaffen, daß er einen Eindringling oder selbst einen Gast nicht verträgt. Aus Gründen, die nur zu einleuchtend sind. Richards Freunde können niemals meine Freunde sein, und meine Freunde sind Richard unbehaglich. Außerdem kennt ein anderer nicht die unzähligen Tabus, die wir im Umgang miteinander beachten müssen, und die sogar von den Kindern schon respektiert werden. Unser Gesprächsstoff ist dadurch etwas beschränkt, aber das ist besser als unaufhörliche Reibereien. Dazu kommt noch, daß ein Fremder mein Verhältnis zu Wolfgang gestört hätte. Alle störten sie uns damals, sogar die kleine Annette und natürlich auch Richard. Deshalb habe ich auch kein Mädchen, sondern eine *Bedienerin* aufgenommen, eine schweigsame, mürrische Person, die sich nicht für uns interessiert, für die wir nur die Leute sind, für die sie um guten Lohn Fußböden zu putzen hat. Ganz beherrscht von Gedanken und Sorgen um Menschen, die wir nicht kennen, geht sie schweigend ihrer Arbeit nach. Mondmenschen könnten ihr nicht fremder sein, als wir es sind. Ohne daß darüber gesprochen wurde, gab es zwei Parteien bei uns: Richard und Annette – Wolfgang und mich, und wir hielten uns streng an die Spielregeln. Richard führte kurze und ein wenig zu herzliche Gespräche mit seinem Sohn, auf die Wolfgang mit vollendeter Höflichkeit einging, und Annette saß zuweilen auf meinem Schoß, und natürlich brachte ich sie zu Bett und sie küßte und umarmte mich. Aber das stimmt doch nicht ganz. Ich glaube, daß Wolfgang immer seinen Vater geliebt hat, obgleich er ihn immer durchschaute, und wenn es einen heimlichen Schmerz in Richards Leben gibt, so heißt er Wolfgang. Sicher leidet er unter der Andersartigkeit des Sohnes, soweit er sich eben gestattet zu leiden, denn Richard sucht in Wahrheit einen Freund, und Wolfgang wird nie sein Freund sein. Was die kleine Annette betrifft, so müßte ich sie wohl instinktiv lieben, wenn sie nicht so sehr ihrem Vater gliche. Es ist nicht ihre Schuld, daß mich ihr Anblick manchmal mit Entsetzen erfüllt. Ich sehe ihr blühendes Gesichtchen, spüre ihre Wärme und höre ihr Lachen und weiß, daß sie ebenso nichts bedeuten wie Richards Wärme und sein Lachen. Die beiden, Annette und ihr Vater, sind die geborenen Lockvögel, Fallen, die Gott, oder wer immer, den anderen gestellt hat, den Schweren, Treuen, Phantasie- und Gefühlvollen. Vielleicht ist Annette auch zu gesund und glücklich, als daß man sie wirklich lieben könnte. Dieses Kind wird immer alles erreichen, was es sich wünscht, und nie etwas Unerreichbares wünschen. Sie ist gerade so schwach und hilflos wie ein junger Tiger oder eine fleischfressende Pflanze. Richard ist stolz auf diese Tochter, aber im Grunde weiß er genau, wer sie ist, ein gutgelaunter Spießgeselle, solange er allen ihren Launen nachgibt.

Aber da er nichts so liebte wie sich selbst, muß er auch sein kleines Abbild lieben.

Manchmal versetzt er Annette einen kräftigen Klaps, den sie leise jaulend hinnimmt. Wolfgang hat er nie geschlagen, der gehört zu den Kindern, die man nicht schlägt. Richard ist viel zu klug, um sich eine Blöße zu geben und sich selbst ins Unrecht zu setzen.

In den ersten Wochen ihres Hierseins war Stella für uns alle eine arge Störung. Richard, der es liebte, am Abend seinen Rotwein zu trinken, zu rauchen und zu lesen, fühlte sich gezwungen, Konversation zu machen, mit einem Mädchen wie Stella, schrecklich ermüdend und ganz aussichtslos. Annette war einfach eifersüchtig, wie auf jeden Menschen, der das Interesse ihrer Umgebung beansprucht. Wolfgang fühlte sich gestört durch die Veränderung der Atmosphäre, und ich hatte das Gefühl, zu schweigsam zu sein und nicht zu wissen, wie man mit jungen Mädchen umgeht. Es schien mir unmöglich, Stellas Gedanken zu erraten und auf sie einzugehen. Dieses große, schöne, ein wenig zu kräftig gebaute Mädchen war ein Fremdkörper in unserem Haus, und sicher spürte sie das auch selbst. Sie war eher scheu als schüchtern, gehemmt durch das jahrelange Leben im Internat, und ich dachte, daß sie auch dort ein wenig fremdartig gewirkt haben mochte. Sie war gar nicht niedlich, kindisch und albern, wie junge Mädchen zu sein pflegen. Eigentlich sah sie aus wie eine Frau, die zufällig noch Kind ist. Und so still sie war, man konnte sie nicht übersehen. In den abscheulichen braunen Kleidern, die Luise für sie gekauft hatte, sah sie unvorteilhaft genug aus, aber man konnte sie einfach nicht übersehen.

Ich hatte versucht, das Fremdenzimmer, in dem Stella wohnen sollte, ein wenig seiner jungen Bewohnerin anzupassen, hatte ein paar Nippes hineingestellt, wie junge Mädchen sie gern haben, und die dunklen Möbel mit Spitzendecken belegt. Als ich Stella dann sah, hätte ich diesen Kram am liebsten gleich wieder weggeräumt, aber da sie ihn schon gesehen hatte, war es mir nicht mehr möglich. So blieben die Schimmel, Hunde und Ballerinen auf der Kommode stehen und nahmen sich seltsam genug aus, neben dem großen ernsthaften Mädchen. Ich vermute, daß Stella nie wirklich gelernt hat. Sie saß vor ihren Heften und Büchern und langweilte sich offensichtlich. Sie konnte schlecht rechnen und war wohl die Langsamste ihrer Klasse in Stenographie. Eigentlich wüßte ich gar nicht, wozu sie wirklich getaugt hätte. Sie konnte mit Tieren und Pflanzen umgehen, verrichtete gern grobe Arbeiten und strickte aus grauer derber Wolle Jacken und Socken für irgendwelche arme Leute. Diese ziemlich unförmigen Dinger schickte sie dann an ihr altes Kloster. Richard pflegte sie wegen ihrer Wohltätigkeit zu necken. Dann hob sie die weißen breiten Lider und lachte leise und ungeschickt, wie ein Mensch, der erst lernen muß zu lachen. Sie strickte sie nur, um, ohne in den Ruf der Faulheit zu geraten, stundenlang mit ihren Gedanken allein sein zu können.

Über diese Gedanken wußte ich gar nichts. Manchmal zweifelte ich daran, daß sie überhaupt etwas dachte, so unbewegt blieb ihr Gesicht. Mit Annette gab sie sich gern ab, und das Kind fing schließlich an, diese Zuneigung zu erwidern. Wolfgang beobachtete sie zunächst noch mit einer Mischung aus Neugierde, Scheu und Voreingenommenheit. Auch darin ganz mein Sohn, wäre er nie auf den Gedanken gekommen, sich einer fremden Person zu nähern. Als mir klar wurde, daß ich zu Stella doch nie ein richtiges Verhältnis finden würde, fing ich an, meine Bemühungen einzustellen und so zu leben wie bisher, als gebe es kein junges Mädchen in meinem Fremdenzimmer. Sie störte mich zwar immer noch, aber ich wußte ja, daß diese Störung nicht allzulang dauern werde. Ich war immer freundlich zu Stella, ebenso freundlich, wie ich zu meiner Bedienerin, dem Briefträger oder Wolfgangs Schulfreunden bin.

Ich fing wieder an, meinen alten Gedanken nachzuhängen, von einem Fenster zum andern zu gehen, rauchend oder die Hände in die Ärmel geschoben, und in den kahl gewordenen Garten zu schauen. Ich kaufte Blumen, die mit der fortschreitenden Kälte immer teurer wurden, ging pflichtschuldig mit Annette spazieren und unterhielt mich mit Wolfgang über die Bücher, die er fortwährend verschlang und die vielleicht nicht alle für ihn passen mochten. Natürlich versorgte ich auch den Haushalt, ärgerte mich über Annette, die in der Schule faul und schlampig war, und besprach, wie üblich, mit Richard alle Angelegenheiten, die die Kinder und den Haushalt betrafen. Alles tat ich mit Routine, die Wirklichkeit war das In-den-Garten-Starren, das ruhelose Umherwandern im Haus und die Wärme in der Brust bei Wolfgangs Anblick.

Vor Jahren war mir etwas geschehen, das mich in einem reduzierten Zustand zurückgelassen hatte, als einen Automaten, der seine Arbeit verrichtet, kaum noch leidet und nur für Sekunden zurückverwandelt wird in die lebendige junge Frau, die er einmal war. Wolfgangs rührende Nackenlinie, die Rosen in der weißen Vase, ein Luftzug, der die Vorhänge bauscht, und plötzlich spüre ich, daß ich noch lebe.

Und dann gibt es noch das andere, das mich mit Furcht erfüllt, mit Entsetzen, mit dem Gefühl, im nächsten Augenblick werde etwas auf mich zuspringen und die unsichtbare Wand zerschlagen.

Ich weiß, das darf nicht geschehen, aber immer wieder drängt es sich an mich, es starrt mich an aus den fremden Gesichtern auf der Straße, erhebt sich im Geheul eines Hundes, steigt mir im Fleischerladen als Blutgestank in die Nase und berührt mich als eine kalte Hand beim Anblick von Richards vollem, heiterem Gesicht.

Etwas muß mir vor Jahren geschehen sein, seither glaube ich es nicht ertragen zu können, daß, unfaßbar für mein Hirn und Herz, Gut und Böse eins sind. Um dieses Wissen zu ertragen, bedürfte man der Lebenskraft eines Riesen. Aber die Riesen kommen gar nicht in diese Lage, ein handfester Knüttel ersetzt ihnen das Denken. Sie ziehen es vor zu leben. Immer müssen die Denkenden darauf verzichten zu leben, und die Lebenden haben es nicht nötig zu denken. Die erlösende Tat wird nie getan werden, denn der die Kraft hätte, sie zu tun, weiß nicht, daß er sie tun muß, und der Wissende ist unfähig zu handeln.

Stella gehörte zu den Lebenden. Viel mehr als einem Menschen glich sie einer großen, grauen Katze oder einem jungen Laubbaum. Gedankenlos und unschuldig saß sie an unserem Tisch und wartete auf das Schicksal. Richard brauchte nur die Hand auszustrecken, um ihr bräunliches Gelenk zu umfassen. Er tat es nicht, aber er lächelte, während er ruhig und voll Genuß das Fleisch auf seinem Teller zerschnitt.

Richard ist der geborene Verräter. Mit einem Körper ausgestattet, der ihn zum unaufhörlichen Genuß befähigt, könnte er zufrieden leben, wenn er nicht obendrein mit einem blendenden Verstand begabt wäre. Dieser Verstand erst macht die Vergnügungen seines genußsüchtigen Körpers zu Untaten. Richard ist ein Ungeheuer: fürsorglicher Familienvater, geschätzter Anwalt, leidenschaftlicher Liebhaber, Verräter, Lügner und Mörder.

Alles dies weiß ich seit Jahren, und wenn ich wüßte, wen ich für dieses Wissen verantwortlich machen könnte, würde ich ihn umbringen. Früher sah ich die Schuld nur bei Richard, und ich fing an, ihn zu hassen. Aber jetzt weiß ich längst, es ist nicht seine Schuld, daß ich auf die Tatsache seines Vorhandenseins auf diese Weise reagiere. Es gibt so viele von seiner Art, alle Welt weiß es offenbar und nimmt es hin, und niemand macht ihnen den Prozeß. Wer macht es, daß ich es nicht ebenso hinnehmen kann? Ich höre langsam auf zu hoffen, daß sich dieser Jemand eines Tages stellen wird, und selbst wenn er es täte, ich wüßte nichts mit ihm anzufangen. Mein Zorn ist längst verraucht, geblieben ist nur das Grauen, das mich ganz beherrscht und in dem ich wohne wie in einem verhaßten Raum. Es ist in mich eingedrungen, es hat mich ganz durchtränkt und begleitet mich überallhin. Es gibt keine Flucht. Mein schlimmster Gedanke ist, daß auch der Tod nicht tödlich genug sein könnte, um es endlich auszulöschen.

Aber das Grauen und das Wissen um die Wahrheit, die man nicht wissen sollte, sind eingefügt in die Ordnung des Alltags. Ja, ich klammere mich an diese Ordnung, an die regelmäßigen Mahlzeiten, die täglich wiederkehrende Arbeit, die Besuche und Spaziergänge. Ich liebe diese Ordnung, die es mir möglich macht zu leben.

Eines Tages fiel mir auf, mit welch rührendem Gleichmut Stella ihre Kleider trug, diese braunen, weinroten und lila Scheußlichkeiten, die ihr zu weit oder zu eng waren und von Luises Bosheit zeugten. »Man müßte ihr anständige Kleider kaufen«, sagte ich zu Richard, »und sie wäre eine Schönheit.« Er hob den Blick von der Zeitung, sah mich erstaunt an und sagte: »Glaubst du?«

Ich kenne seine Schwäche für zierliche, aparte Frauen und fuhr fort, Stellas Vorzüge zu preisen. Er lachte dazu, wiegte den Kopf bedauernd hin und her und meinte schließlich, es sei nicht unsere Sache, ihr Kleider zu kaufen. In zwei Jahren, einmal im Besitz der Apotheke, werde sie schon anfangen, sich anständig anzuziehen. »Luise«, sagte ich, »ist ein Scheusal.« Richard zog die Schultern komisch hoch, schüttelte sich ein bißchen und lachte. Plötzlich kam mir ein Einfall. Wie, wenn ich Stella beibrächte, sich anzuziehen? Ich schloß die Augen und sah sie in einem weißen Kleid eine Stiege herunterschreiten, lächelnd mit gewölbten Lippen, das rotbraune Haar glänzend und locker, jung, schön und verlockend. Ich sah Richards weiße, feste Hände die Zeitung halten, und eine Art Genugtuung darüber erfüllt mich, daß er nicht fähig war, diese Schönheit zu sehen, verdorben von seiner Neigung zu einer künstlichen, raffinierten Hübschheit.

In der folgenden Woche kam die Schneiderin ins Haus und nähte ein paar Kleider für Stella, aus billigen Stoffen, aber in hellen Farben, wie sie für ein junges Mädchen passen.

Die Verwandlung war vollkommen. Stella stand vor dem Spiegel und sah sich zum erstenmal selbst. »Du bist schön, Stella«, sagte ich und zupfte eine Falte zurecht. Sie sah mich nicht an und sprach ernsthaft in den Spiegel hinein, »ich bin schön«, verwundert, überrascht und schließlich überwältigt von dem neuen Gefühl, das meine Worte und ihr Bild in ihr geweckt hatten, und noch einmal, »ich bin schön«.

Nun hätte ich eigentlich triumphieren können. Luise, der Drachen, war überlistet. Es war durchaus möglich, daß die verwandelte Stella einen Verlobten nach Hause brachte, der dafür sorgte, daß in Zukunft Stellas Vermögen nicht mehr in Luises Kleider, Hüte und Liebhaber umgesetzt wurde. Aber seltsamerweise konnte ich mich nicht mehr freuen. Übrigens hat mich noch nie ein Triumph befriedigt, er versetzt mich meist in Verlegenheit oder sogar in eine leichte quälende Trauer. Vielleicht kommt es daher, daß mein Triumph die Niederlage eines anderen bedeutet, in den ich mich verwandle und nun mit ihm leiden muß. Luise war mir aber so zuwider, daß ich dieses Gefühl für sie nicht aufgebracht hätte. Was mich störte in meiner Freude, war Stellas Gesicht im Spiegel, dieses leuchtende Gesicht, das junge blühende Fleisch und der hingegebene Blick, der ganz diesem neuen Glanz verfallen war. Unbehagen kroch an mir hinauf. Stella hatte aufgehört, das Kind Stella zu sein. Eine Leere war in ihrer Brust und würde die Welt an sich ziehen. Und das gefiel mir nicht. Denn es lag nicht in meiner Macht, den Strom zu lenken, der diese Leere erfüllen sollte. »Stella«, sagte ich rasch, »Stella, mußt du nicht noch Stenographie üben heute?«

Sie legte die Hände über die Augen, in einer rührend kindlichen Bewegung und wandte sich zu mir. Ihre Arme fielen herab, der Glanz in ihren Augen erlosch, und seufzend wandte sie sich zur Tür.

An diesem Abend merkte Richard noch nicht, daß eine neue Stella ihm gegenübersaß. Aber Annette merkte es und auch Wolfgang, der mich fragend und nachdenklich ansah.

Stella aber, in ihrem erdbeerfarbigen Kleid, aß fast nichts und sah verträumt vor sich hin. Völlig eins mit ihrem gesunden, jungen Körper, trank sie selbstvergessen, in kleinen Schlucken, ihren Tee.

Der Vogel sitzt noch immer in der Linde. Die ganze Nacht hat er sich nicht vom Fleck gerührt. Er schreit nicht mehr, piepst nur noch ganz schwach. Wenn ich das Fenster schließe, höre ich ihn nicht mehr. Er ist jetzt so winzig, daß man ihn kaum noch einen Vogel nennen kann. Seine Mutter ist nicht gekommen, und ich glaube, sie wird auch nicht mehr kommen.

Wenn ich allein im Haus bin, wird mir immer bewußt, daß das nicht mein Haus ist. Ich fühle mich manchmal wie ein Logiergast darin. Mir gehört nur die Aussicht in den Garten, sonst nichts. Früher hab' ich mir manchmal eingebildet, ich hätte wenigstens ein Heim, aber seit Stella tot ist, hat sich der goldene Käfig in einen Kerker verwandelt. Wenn ich mich nicht irre, ist auch der Garten vom Haus abgerückt. Er geht von mir fort, langsam, fast unmerklich, eines Tages wird er verschwunden sein, und ich werde aus dem Fenster in die Leere starren und denken, hier war früher die Linde und dort der Rasenfleck mit den Schneeballsträuchern. Vielleicht liegt es an den Fenstern. Sie trüben sich allmählich, bis sie mir die Aussicht versperrt haben werden.

Es hat angefangen zu regnen, das ist gut für den Vogel, solange der Regen nicht kalt ist. Es wird ihn ein wenig erfrischen, er muß ja am Verdursten sein. Ich glaube nicht, daß er sehr leidet. Gewiß macht ihn die Schwäche matt und schläfrig. Er ist aus seiner Welt, aus der Hand des Vogelgottes gefallen: ich kann ihm nicht helfen und muß versuchen, ihn zu vergessen.

Aber ich will ja über Stella schreiben und über die Art, auf die wir sie umgebracht haben.

Es fing mit den verwünschten neuen Kleidern an, nein, nicht mit den Kleidern, es fing damit an, daß ich sie in unser

Haus aufnahm. Ich hätte wissen müssen, daß es für Richard keine Grenzen gibt, daß er nichts respektiert und daß ein großes, einfaches Kind eine sehr reizvolle Abwechslung sein kann für einen Mann, der von jeder Art von Liebe übersättigt ist. Man darf das Lamm nicht in die Höhle des Wolfes bringen, und genau das hab' ich getan. Ich frage mich, warum mich das so quält. Wem bin ich Rechenschaft schuldig, und vor wessen Strafe müßte ich Angst haben? Ich weiß, daß es nicht moralische und ethische Bedenken sind, die mich verfolgen. Ich glaube, jeder Mensch trägt sein Gesetz in sich, und es sind ihm Grenzen gezogen, die er nicht überschreiten kann, ohne sich selbst zu zerstören. Mein Gesetz war die Unantastbarkeit des Lebens, und ich habe meine Grenze überschritten, indem ich ruhig und gedankenlos zuließ, daß Stellas Leben vor meinen Augen vernichtet wurde.

Es ist nicht meine Sache, Richard anzuklagen. Meine Aufgabe wäre es gewesen, das Leben zu behüten und vor mörderischen Zugriffen zu schützen. Und was habe ich tatsächlich getan? Ich habe das Leben einer Frau in guten Verhältnissen geführt, bin am Fenster gelehnt und habe den Duft der Jahreszeiten geatmet, während rings um mich getötet und verletzt wurde.

Es darf mich nicht wundern, wenn der Garten anfängt, mich zu verstoßen. Die geheimnisvolle Kraft, die die Blätter der Linde grünen läßt, war es ja auch, die das Blut durch Stellas jungen Körper trieb, diesen sanften roten Saft, der in großen Lachen auf den Pflastersteinen stand.

Die Linde weiß von meinem Verrat, auch der sterbende Vogel weiß es. Sie wollen mich nicht mehr. Ich lese es in den Augen der Kinder, ich spüre es, wenn ich fremde Hunde und Katzen streichle, und wenn ich mich der Hyazinthe auf meinem Tischchen nähere, erstarrt sie in Abwehr und Furcht. Verrätern wird nicht verziehen, sagen mir ihre glänzenden Blüten, und ihr Duft erinnert mich an den süßlichen Geruch, der von Stellas Bahre aufstieg.

Natürlich könnte ich weiterhin davonlaufen vor dem Wissen, aber ich habe es satt davonzulaufen. Ich weiß, es wird nichts besser davon, daß ich meine Schuld bekenne. Es wird mich nicht einmal erleichtern. Nie hab' ich die Wohltat der Beichte begriffen. Sie mag es für andere sein, und ich hoffe, daß sie es ist, aber die Mächte, denen ich unterstehe, vergessen und verzeihen nicht. Sie verstoßen endgültig das unbotmäßige Kind.

Ich erinnere mich, einmal winzige Pfingstrosenknospen von den schon verwelkten Sträuchern abgeschnitten zu haben. Ich hoffte, sie noch ein paar Tage am Leben erhalten zu können, und wirklich fingen sie am nächsten Tag an, sich zu öffnen. Vor meinen Augen dehnten sich die kleinen Blätter, und dann geschah das Erschreckende: als hätten die grünen Hände ihrer toten Mütter sie plötzlich losgelassen, fielen sie als kleine rosa Bälle auf das Tischtuch nieder.

So hat auch mich die große grüne Hand, aus der ich gekommen bin, losgelassen. Ich falle und falle, und niemand wird mich auffangen.

Stella, noch in der feuchten Erde geliebt und gehalten von hundert kleinen Wurzelfingern, um wieviel endgültiger bin ich tot als du!

Zwei Monate, nachdem Stella zu uns gekommen war, sah ich zum erstenmal jenen wachen, abschätzenden Ausdruck in Richards Augen, mit dem er die Frauen zu verfolgen pflegt. Wahrscheinlich hatte er sie schon früher auf diese Weise angesehen, und ich hatte es nur nicht gemerkt. Niemand ist leichter zu hintergehen als ich. Es langweilt mich, wenn ich mich in die Angelegenheiten anderer Leute mischen soll, und es ist mir in tiefster Seele zuwider.

Damals, Mitte November, war ich ganz mit Wolfgang beschäftigt. Wir übersetzten gemeinsam die Ilias, und diese Beschäftigung und der Anblick von Wolfgangs eifrigem jungen Gesicht machte mich so ruhig und zufrieden, wie es ein Mensch von meiner Art nur sein kann. Ich weiß, es war nicht das Glück, es war etwas ganz anderes, ein Glücksersatz für Leute, die aus irgendeinem Grund auf das richtige Glück verzichtet haben. Mein Zimmer war unser kleines Schiff, und während wir vor Troja standen, versank die Wirklichkeit um uns. Achill, so behauptete Wolfgang, sei einfach hysterisch gewesen. Er zog mißbilligend die Nase kraus, und ich verstand ihn nur zu gut, obgleich ich immer bedauert habe, daß sich der schöne Wahnsinn der Alten in unserer Zeit so schmählich als Hysterie entpuppt hat. Wolfgang kann natürlich noch nicht ahnen, daß sich diese unsere billige Hysterie in nicht zu ferner Zeit wieder in den schönen Wahnsinn verwandeln wird.

Sein Herz schlug damals für Kassandra, zu meiner größten Verwunderung, denn ich fand sie keine anziehende Figur für einen Halbwüchsigen. Aber warum eigentlich sollte er nicht geahnt haben, daß sie die wahre Heldin ist? Warum unterschätzen wir unsere Kinder so sehr? Vor einiger Zeit fiel mir einer meiner alten Schulaufsätze in die Hände und versetzte mich in größte Verwunderung. Ich konnte mich nicht entsinnen, ihn geschrieben zu haben. Aber es war die wohlbekannte Kinderschrift, die Schrift einer gläubigen, ungebrochenen Persönlichkeit von vierzehn Jahren. Wo war sie in den folgenden Jahren hingekommen? Ich weiß es nicht, voll Neid und Bewunderung starrte ich, eine vierzigjährige Frau, auf das Blatt Papier nieder mit der Gewißheit eines großen Verlustes im Herzen.

Manchmal sagt Wolfgang etwas Geniales. Er wird es mit den Jahren immer seltener tun, und endlich wird er wie jetzt ich an einem Fenster stehen, erfüllt von dumpfer Trauer um das halb Vergessene und nie Gekannte. Ein großer, ein wenig zu hagerer Mann mit nachdenklichen grauen Augen und nervösen Händen, die eine Zigarette nach der anderen entzünden und wieder zerdrücken, hilflos, wie ich es bin, wie mein Vater es war und jener ferne Urahn, der als erster das Ticken der Unrast spürte und an das Fenster seiner Hütte trat.

Damals also, im November, als ich so sehr mit der Ilias

und Wolfgang beschäftigt war, sagte mir Stella eines Abends, daß sie einen Italienischkurs besuchen werde, und dreimal in der Woche erst um neun Uhr nach Hause kommen könne. Ich sah sie an, wie sie so vor mir stand, eine zarte Röte auf den ein wenig zu hohen Backenknochen, die langen Finger ineinandergeschlungen und meinem Blick ausweichend. Ich dachte, daß sie das Italienische doch nie erlernen werde, denn sie hatte gar kein Sprachtalent, aber ihr Vorsatz war sicher lobenswert. Es war mir auch ganz einerlei, meinetwegen mochte sie Kirgisisch lernen, was übrigens viel besser zu ihr gepaßt hätte. Stella war nicht mein Kind, mochte sie tun und lassen, was ihr gefiel. Ich sagte irgend etwas von kaltem Abendessen und tauchte zurück in die Welt Trojas.

Und Stella besuchte ihren Abendkurs mit größter Regelmäßigkeit. Damals fing sie an, zu einer jungen Frau aufzublühen. Ihre eckigen Bewegungen wurden weicher, und ihr Gesicht rundete sich ein wenig. Sie war jetzt eher hübsch als schön, und so erfreulich sie anzusehen war, hatte sie mir früher in ihren braunen Kleidern fast besser gefallen.

Dann fing Richard an, mit ihr auszugehen. Übrigens, ich erinnere mich, geschah das auf meine Veranlassung. Ich hasse es, auf gewisse Unterhaltungen zu gehen, und war froh, eine Partnerin für ihn gefunden zu haben. Ich glaube, er sträubte sich anfangs sogar dagegen, aber ich habe ja schon erwähnt, daß Richard sehr klug ist. Die Hausschneiderin nähte für Stella ein Kleid aus billigem weißen Taft, und Stella sah aus wie die Prinzessin aus dem Farbfilm. Richard war sichtlich stolz und benahm sich wie ein wohlwollender Onkel. Übrigens ist diese Onkelhaftigkeit nicht einmal gespielt, sie liegt in seiner Natur, neben ganz entgegengesetzten Eigenschaften, und er weiß sich ihrer sehr geschickt zu bedienen. Richard ist Diplomat und Gewaltmensch, kein Wunder also, daß er fast immer Erfolg hat. Mit der größten Geduld und Hartnäckigkeit versucht er auf liebenswürdige Art, sein Ziel zu erreichen. Erst wenn sein Scharm versagt, beginnt er, brutal zu werden. Aber das wissen nicht viele, und die es wissen, hat er so sehr in der Hand, daß sie nicht wagen können, gegen ihn aufzutreten.

So gingen sie also zum Fest, der gute Onkel und das törichte junge Mädchen.

Nachdem die beiden fort waren, ging ich in die Küche und richtete das Abendessen für die Kinder, stellte alles auf ein Tablett und trug es ins Kinderzimmer. Annette lag auf dem Teppich, die Beine in der Luft, und las die Micky-Maus. Sie lachte laut, und ich zuckte zusammen. Immer versetzt mir ihr Lachen einen leichten Schock. Ich begreife nicht, daß ein achtjähriges Kind wie Richard lachen kann, oder, besser gesagt, wie Richard lachen würde, wäre er ein kleines Mädchen. Annette ist die einzige von uns, die an Stellas Tod unschuldig ist. Wolfgang war, ohne es zu ahnen, ein Werkzeug dazu. Ihm zuliebe, um ihn in der Illusion zu erhalten, er wachse in einer geordneten Familie auf, habe ich zu allem geschwiegen. Aber nicht nur Wolfgang zuliebe, sondern auch einfach aus Feigheit und Bequemlichkeit.

Wolfgang kam jetzt aus seinem Zimmer, nahm mir das Tablett mit der Milch ab und begleitete mich zum Tisch. Dieses Kind hat von seinem ersten Tag an etwas Rührendes an sich. Er war, wenn es das gibt, schon als Baby rücksichtsvoll und nachdenklich.

Und obgleich er sich nicht viel anders benimmt als alle Jungen seines Alters, hat es für mich manchmal den Anschein, als tue er das nur aus Kameradschaftlichkeit und aus einem Gefühl für das Passende heraus. Es gibt Augenblicke, in denen plötzlich die Rollen vertauscht sind und ich zu einem törichten Kind werde, während seine dunkelgrauen Augen mild und nachsichtig auf mir ruhen, wie die Augen eines Vaters. Unter seiner Fügsamkeit und seinem äußeren Gehorsam verbirgt sich etwas ganz anderes.

Wolfgang ist der einzige Mensch, der Richard unsicher machen kann. Im übrigen gehen sie einander aus dem Weg, sogar wenn sie am selben Tisch sitzen.

Ich legte meinen Arm um Wolfgangs Rücken und sagte: »War Stella heute nicht hübsch, wie eine Prinzessin?« Er sah mich zornig an. »Wie eine Prinzessin? Lächerlich, eine dumme Gans ist sie. Du bist hundertmal schöner.« Ich lächelte geschmeichelt. »Lieb von dir«, sagte ich, »aber es stimmt nicht, und sie hat wirklich ausgesehen wie eine Prinzessin.« Er schwieg und sah an mir vorüber.

Später setzte ich mich an den Rand seines Bettes. Das Licht der Straßenlaterne fiel auf sein Gesicht. Ich sah, daß er angestrengt nachdachte. »Was ist los?« sagte ich, noch immer im scherzenden Ton. Sein Gesicht, eben noch ernst und angestrengt, wurde mit einem Schlag weich und kindlich. »Warum«, sagte er, »kannst du nicht im Sommer mit mir wegfahren, nur mit mir allein? Annette kann zur Großmama gehen, und Papa ist alt genug, daß er einmal allein wegfährt.«

Ich dachte nach. Wolfgang hatte recht. Wir hätten zusammen eine herrliche Zeit haben können an irgendeinem See oder im Gebirge. Warum mußte ich jedes Jahr mit Richard wegfahren, der sich viel besser ohne mich hätte unterhalten können? Richard liebt es, im Auto zu rasen, an einem Tag fünf Städte zu »machen« und am Abend noch auszugehen. Jeder Urlaub mit ihm verbraucht meine Kräfte bis auf den letzten Rest, und es dauert dann bis in den Winter hinein, ehe ich mich davon erholt habe. Jedes Jahr fürchte ich mich vor dieser Reise, und jedes Jahr fahre ich widerstandslos mit ihm. Tatsächlich, warum sollte ich nicht endlich tun dürfen, was mir gefiel und was schon lange mein Wunsch war?

»Ich werde mit Papa darüber reden«, sagte ich. Ich wußte, es war schwierig. Richard fühlt sich verpflichtet, seinen Urlaub mit mir zu verbringen. Er haßt nichts mehr als Zustände, die er als schlampig und unsolid bezeichnet, vielleicht, weil er selbst sich ununterbrochen in diesem Zustand befindet. Unsolid und überspannt ist es seiner Meinung nach, getrennte Schlafzimmer zu benützen, den Urlaub nicht mit der Gattin zu verbringen und am Sonntag nicht mit den Kindern in den Zoo oder ins Kino zu gehen. Er würde sich auch niemals von mir trennen. Ich bin die Hüterin seines Hauses und seiner Kinder, und als ein Mensch, der im geheimen in der tiefsten Anarchie lebt, schätzt er nichts mehr als die äußere Ordnung und Genauigkeit. Keiner hütet die Moral strenger als der heimliche Gesetzesbrecher, denn es ist ihm klar, daß die Menschheit untergehen würde, hätte jeder Mensch die Möglichkeit, so zu leben, wie er es tut.

Als ganz junge Frau fragte ich ihn einmal: »Warum liebst du mich?« Seine Antwort kam rasch und sicher: »Weil du mir gehörst.«

Nicht wegen meines Aussehens also oder wegen meiner liebenswerten Eigenschaften liebte er mich, sondern nur als seinen Besitz.

Eine beliebige Person an meiner Stelle hätte er ebenso geliebt, und auf diese Weise liebt er seine Kinder, sein Haus, kurz alles, was zu seiner Person gehört. Etwas in mir sträubte sich schon damals gegen diese Art von Liebe, aber ich schwieg, weil ich schon erfahren hatte, daß ein Gespräch zwischen uns unmöglich war.

Keine seiner Geliebten wird ihn je dazu bringen, seine Familie, das heißt seinen Besitz, aufzugeben, und wenn es mir eines Tages einfallen sollte, ihn zu verlassen, wird er hartnäckig und rachsüchtig mein Leben zerstören. Aber Richard gehört zu den Männern, die ihren Frauen den Geschmack an Liebhabern verderben. Es wäre mir unmöglich, von einem anderen Mann auch nur die leiseste Liebkosung hinzunehmen. Ich bin einzig und allein Richards Frau, und seit ich das nicht mehr ertragen kann, bin ich dazu verurteilt, allein zu bleiben.

Eine Zeitlang konzentrierte sich mein ganzes Gefühl auf Wolfgang. Ich wurde eine närrische Mutter und erkannte es bald selbst. Dann fing ich an, mich streng zu kontrollieren. Niemand weiß, wie oft ich die schon halb erhobene Hand zurückzog, die sich danach sehnte, sein Haar und seine Stirn zu berühren. Niemand weiß, wie oft ich, vor der Tür des

Kinderzimmers stehend, mich lautlos abwandte und zurück in mein Zimmer ging. Ich habe mich verschlossen, gegen den Duft seiner Haut, gegen seine Stimme und die Verlokkung der schwarzen Wimpern über gerundeten Wangen. Das Maß an Zärtlichkeit, das ich mir gestattete, ist genau so viel, daß ich davon leben kann und Wolfgang keinen Schaden erleidet.

Aber, wer weiß, vielleicht schade ich ihm trotzdem, vielleicht habe ich ihm immer geschadet.

Ich sagte: »Du mußt jetzt schlafen, Wolfgang.« Er legte die Arme um meinen Hals, drückte seine kühle Nase gegen meine Wange und sagte: »Und Stella ist doch eine dumme Gans.« Ich machte mich sanft von ihm los und ging aus dem Zimmer. Es tat mir leid, daß Wolfgang Stella nicht mochte, denn ich hatte angefangen, mich an ihre Gegenwart zu gewöhnen.

Richard und Stella kamen spät nach Hause, und ich stellte mich schlafend, um durch ein Gespräch nicht wieder hellwach zu werden. Durch schmale Lidspalten sah ich, wie Richard sich auszog, die Kleider säuberlich hinlegte – er ist in diesen Dingen sehr ordentlich – und dann ins Badezimmer ging. Nach einer Weile erschien er wieder, nach Seife und Zahnpasta duftend, und rückte an meine Seite. Er schob die Hand unter meine Schulter und schlief auf der Stelle ein. Diese Bewegung bedeutet: Da bin ich also wieder, und ich hoffe alles in Ordnung vorzufinden, in der Ordnung, die für mich zufällig Anna heißt und in meinem Bett schläft.

Längst hab' ich es aufgegeben, von seiner Hand abzurükken, ich blieb auch damals ruhig darauf liegen, spürte ihre Wärme durch die Seide des Nachtgewandes und starrte in die Dunkelheit. In jener Nacht träumte ich, ich hätte der armen Kassandra auf offener Straße einen Stein nachgeworfen, erbittert von ihren Weissagungen. Was sie mir aber gesagt hatte, vergaß ich im Moment des Erwachens vollkommen.

Richard besuchte mit Stella noch zwei oder drei Unterhaltungen, und das Mädchen fing an, sich sicherer zu bewegen, freier zu sprechen und ihren Altersgenossen ähnlicher zu werden. Auch damals konnte ich keinen rechten Kontakt zu Stella finden. Ich hörte sie manchmal in der Küche mit der Bedienerin reden, sah, wie sie mit Annette spielte, und ärgerte mich darüber, daß mir nichts einfiel, was ich ihr hätte sagen können. Wolfgang ging ihr sichtlich aus dem Weg, und Richard schien sich kaum um sie zu kümmern. Er ist ja auch so wenig zu Hause. Da sein Büro in der inneren Stadt liegt, kommt er nur am Abend zum Essen, und auch da wird es oft sehr spät. Ich weiß nicht, wie er viele seiner Abende verbringt, und möchte es auch nicht wissen.

Am Sonntag fahren wir mit den Kindern meist weg, oder Richard geht mit ihnen ins Kino, in den letzten Monaten mit Annette allein, da Wolfgang anfängt, seine eigenen Wege zu gehen. Um Stella also kümmerte er sich nicht. An Sonntagen blieb sie lieber daheim, stopfte und wusch, manikürte ihre Nägel und lernte ein wenig. Wahrscheinlich langweilte sie sich sehr dabei, denn sie las nicht. Manchmal gab ich ihr ein Buch. Sie dankte, blätterte ein wenig darin und legte es wieder zurück. Die größte Freude schien sie noch am Kino zu haben, von wo sie erhitzt und mit roten Wangen zurückkam. Damals hatte ich oft den Eindruck, Richard warte nur auf den Tag, an dem dieser Fremdkörper wieder aus unserem Haus verschwinden werde. Dann tat mir Stella leid, aber sie schien seine gleichgültige Haltung kaum zu merken.

Ich habe mit Stella nie über etwas anderes als über die alltäglichsten Dinge geredet. Manchmal versuchte ich, sie ins Gespräch zu ziehen, fand aber nicht den leisesten Widerhall. Sie konnte, wie es schien, ihre Befangenheit mir gegenüber nicht ablegen. Ich führte diese Tatsache auf Luises schlechte Behandlung zurück. Jede Frau in Luises Alter, überhaupt jede Mutter mochte Stella gefährlich erscheinen.

An einem Märzabend saßen Wolfgang und ich am Tisch, Annette hatte ich schon zu Bett gebracht. Es war ganz still im Zimmer, wir lieben es beide nicht, beim Lesen Musik zu hören. Ich dachte daran, daß gleich Richard nach Hause kommen und unsere schöne Stille mit Betrieb erfüllen werde, und dieser Gedanke machte mich so unruhig, daß ich mich nicht mehr richtig auf mein Buch konzentrieren konnte. Wolfgang hatte das Gesicht gesenkt, eine dunkle Strähne war ihm in die Stirn gefallen und glänzte im Lampenlicht rötlich. Wie immer, wenn ich ihn beim Lesen beobachtete, hatte ich das Verlangen, ihn zu streicheln. Ich tat es aber nicht, denn wer weiß, ob er es gemocht hätte. So begnügte ich mich damit, ihm ein Stück Konfekt zuzuschieben, das er, einen Dank murmelnd, neben sein Buch legte. Auch mit Süßigkeiten ist er nicht zu bestechen. Er nimmt sie wohl an, aber dann liegen sie in seinem Zimmer, bis die kleine Annette sie findet und aufißt.

Ich war aufgestanden und ans Fenster getreten. Es regnete schon tagelang. Und dann sah ich Stella über den Gartenweg kommen, den Kopf gesenkt und ein wenig taumelnd, als sei sie betrunken oder entsetzlich müde.

»Stella kommt«, sagte ich und wandte mich um. Wolfgang schien nicht zu hören. Stella sperrte die Tür auf und verschwand im Haus. Ich hörte sie die Stiege heraufkommen, die Wohnungstür aufsperren und im Vorzimmer ablegen. Es dauerte fünf Minuten, bis sie hereinkam. Geblendet vom hellen Licht, schloß sie die Augen.

»Du bist ja ganz naß«, sagte ich mißbilligend, »hast du den Schirm vergessen?«

»Ja«, sagte Stella noch ganz atemlos, »den Schirm vergessen.« Ihr Haar lag feucht und glänzend um den Kopf. Ich schenkte ihr Tee ein, und sie setzte sich zu uns und trank in langen Zügen wie eine Verdurstende. »Aber Stella«, sagte ich, »du zitterst ja, was hast du denn?«

Sie sah mich fast zornig an: »Nichts«, sagte sie. »Gar nichts, ich bin nur so gelaufen, die Elektrische ist mir weggefahren.« Mit abgewandtem Gesicht zerkrümelte sie ein Brötchen.

Plötzlich sah ich, daß Wolfgang nicht mehr las. Aus halbgesenkten Augen sah er Stella von der Seite an und errötete langsam bis in die Stirn. Ich folgte seinem Blick und sah, daß an ihrer Bluse zwei Knöpfe fehlten und ihr Hals merkwürdig gefleckt aussah.

»Es wird spät, Wolfgang«, sagte ich, »geh lieber schlafen.« Ohne Widerrede stand er auf und ging aus dem Zimmer. Als er gegangen war, überlegte ich, ob ich zu Stella etwas sagen sollte, unterließ es aber dann. Sie würde es ja beim Ausziehen selbst bemerken oder hatte es schon im Vorzimmer bemerkt. Offenbar war sie schon so müde, daß sie nicht mehr gerade sitzen konnte. Sie ging auch sofort zu Bett, und ich wandte mich wieder meinem Buch zu. Richard kam nach einer Viertelstunde in bester Laune nach Hause. So klug er ist, gibt es doch eine Menge Kleinigkeiten, die ihn immer verraten. Diese blendende Laune und Aufgeräumtheit bedeutet bei ihm, daß er getrunken hat oder von einer Frau kommt. An diesem Abend hatte er nicht getrunken, ich roch es an seinem Atem. Er hatte Appetit und aß mehr, als ihm, meiner Meinung nach, am Abend guttut. Während er aß, erzählte er mir angeregt von der Verhandlung, der er vormittags beigewohnt hatte und bei der sein Klient freigegangen war. Es sollte den Anschein erwecken, diese Tatsache habe ihn in so blendende Laune versetzt.

Aber er konnte mich nicht täuschen, ich kenne die fröhliche Stimmung nach Berufserfolgen, die Aufgeräumtheit nach Herrenabenden und das gesteigerte Lebensgefühl nach einem Liebesabenteuer, diesen Triumph des Männchens, das sein Weibchen gehabt hat. Immer wenn Richard versucht, mich irrezuführen, überfällt mich ein unbegreifliches Schamgefühl. Dabei bin doch nicht ich es, die sich zu schämen hat. Aber gerade seine Schamlosigkeit macht mich stumm vor Scham. Ich kann ihm dann nicht in die Augen schauen und bin unfähig, auf den leichten Konversationston, den er in diesem Fall für angebracht hält, einzugehen. Ich bin eine sehr schlechte Schauspielerin, aber Richard spielt ja für uns beide. Schließlich hörte er auf, mir zu erzählen, wandte sich der Zeitung zu und trank mit heimlichem genießerischen Lächeln seinen Rotwein.

Ich ging zu Bett und stellte mich schlafend, als er nachkam. Er drehte rücksichtsvoll das Licht ab und schob die Hand unter meine Decke. Sie blieb auf meiner Schulter liegen, und ich bewegte mich nicht. Diese Hand war so warm und lebendig. Noch vor ein paar Stunden hatte sie eine fremde Frau gestreichelt, aber ich ekelte mich nicht vor ihr. Nichts an Richard ist so, daß man sich davor ekeln könnte. Wenn ich mein Wissen über seine wahre Natur zur Seite schieben könnte, unserem Glück würde nichts im Wege stehn. Und noch heute erfüllt mich manchmal das Verlangen, alles zu vergessen und mich seinem großen starken Körper anzuvertrauen, diesem Körper, der dazu gemacht ist, Lust zu nehmen und zu schenken.

Nicht Ekel war es, was mich erfüllte unter dem leichten Druck seiner Hand, sondern jene Furcht, die ich nur zu gut kenne. Die Furcht vor dem oberflächlich gezähmten Raubtier, das sich bei guter Fütterung und Wartung damit begnügt, kleine nächtliche Raubzüge zu unternehmen, nach denen es wieder zufrieden schnurrend auf sein Lager zurückkehrt. Und manchmal vergaß dieses Tier, die Spuren seiner Raubzüge rechtzeitig zu tilgen. Es roch dann nach dem fremden Parfüm seiner Opfer und trug blutrote Lippenstiftflecken auf dem weißen Hemdkragen.

Natürlich hätte ich flüchten können und habe auch jahrelang mit diesem Gedanken gespielt, aber es ist in Wahrheit unmöglich zu flüchten. Das Leben mit Richard hat mich verdorben und unbrauchbar gemacht. Alles, was ich anfinge, wäre sinnlos, seit ich weiß, daß es gütige Mörder gibt. Rechtsvertreter, die täglich das Recht verletzen, mutige Feiglinge und treue Verräter. Die monströse Mischung von Engelsgesicht und Teufelsfratze war mir so vertraut geworden, daß jedes reine, unbefleckte Bild nur mein tiefstes Mißtrauen zu wecken vermochte.

Richard war eingeschlafen. Seine Hand lag noch immer auf mir, schwer jetzt, unerträglich schwer und warm.

Ich glitt aus dem Bett und ging in die Küche, um ein Glas Wasser zu holen.

Als ich an Stellas Tür vorbeikam, hörte ich sie stöhnen. Ich blieb stehen und lauschte. Stella weinte. Sie weinte nicht verhalten und unterdrückt, wie erwachsene Menschen zu weinen pflegen, nach den Regeln der Trauer, sondern wild und hemmungslos. Es klang sehr häßlich. Die Flecken auf ihrem Hals fielen mir ein. Kein Zweifel, Stella befand sich auf Abwegen. Es wäre meine Pflicht gewesen, sie zu warnen, ihr gut zuzureden, oder sie wenigstens zu trösten.

Nichts von alldem tat ich. Ich hasse hemmungslose Gefühlsausbrüche, außerdem war es mir klar, daß ich dieses Mädchen, einmal geweckt, nicht mehr zurückhalten konnte. Man hatte sie jahrelang in einer dumpfen künstlichen Kindheit eingesperrt und ihr jede Zärtlichkeit vorenthalten. Der Ausbruch durfte mich nicht überraschen. Ich verwünschte meine Gedankenlosigkeit, die mir eingegeben hatte, ihr neue Kleider zu schenken und sie auf Unterhaltungen zu schikken. Ich kannte die Männer, die auf diesen Unterhaltungen zu treffen waren, keiner besser als Richard, aber die meisten nicht von seinem Format, kleine abscheuliche, geile Lügner. Und jedem von ihnen wäre es eine Leichtigkeit, ein dummes unerfahrenes Geschöpf wie Stella zu verführen.

Ihr Abendkurs fiel mir ein, und ich beschloß, ihr einmal unauffällig zu folgen, um zu sehen, mit wem sie sich traf.

Während ich diesen Entschluß faßte, wußte ich schon genau, daß ich ihn doch nicht durchführen würde. Es war alles zu widerwärtig und erbärmlich.

Als ich wieder im Bett lag, fiel mir auf, daß Richard nur nach seinem Rasierwasser roch. Die Frau, mit der er zusammen gewesen war, benützte kein Parfüm. Ich setzte mich auf und starrte auf das Gesicht an meiner Seite, das mit dem Kissen verschwamm, und plötzlich wurde mir übel. Ich fiel zurück und spürte ein paar Sekunden gar nichts. Als ich wieder denken konnte, suchte ich im Dunkeln ein Schlafpulver aus dem Nachttischchen und trank das Wasserglas leer. Wie schon oft in längst vergangenen Nächten hatte ich das Gefühl, etwas Grauenhaftes sei meiner zerbrechlichen Glaswand so nahe gekommen, daß ich seinen Atem und Gestank spüren konnte.

Am nächsten Morgen war Stella blaß und hatte rote Lider. Richard war etwas später dran als gewöhnlich, und sie bat ihn, sie im Wagen ein Stück mitzunehmen. Er schien nicht sehr erfreut von dieser Bitte zu sein, ließ sich aber seinen Ärger nicht anmerken und lud auch Wolfgang ein, mitzufahren. Ich wußte, daß er nicht mit Stella allein sein wollte. Die Situation mochte selbst für ihn unbehaglich sein. Wolfgang aber lehnte ab, er hatte versprochen, einen Freund abzuholen. Er sprach sehr höflich zu seinem Vater, aber ich spürte die leise Aufsässigkeit, die in seiner Stimme mitschwang. Richard zog die Brauen hoch und schien etwas sagen zu wollen, überlegte es sich dann und sah nur geflissentlich auf die Uhr.

Als schließlich, wie immer als letzte, sich auch Annette getrollt hatte, setzte ich mich erst zum Frühstück und blätterte die Zeitungen durch. Dann stellte ich den Speisezettel für die ganze Woche auf und fing an, die Blumen zu gießen. Das dauert immer eine gute halbe Stunde, wir haben eine Menge Blumen umherstehen, und dies ist eine Beschäftigung, die mich in die Illusion versetzt, etwas Nützliches und Richtiges zu tun. Ich weiß aber sehr gut, daß ich mein Gefühl an Dinge verschwende, die es gar nicht nötig haben. Stellas Schluchzen in der Nacht hatte mich eigentlich nicht gerührt, mich nur angewidert und in Verwirrung versetzt. Daß der junge Kaktus eingegangen war, machte mir echten Kummer.

Ich liebe die Blumen noch mehr als die Tiere, weil sie stumm sind, nicht umherspringen können und mich nicht stören in meinen fruchtlosen manischen Gedanken.

Die Bedienerin kam und wirtschaftete in der Küche, und

ich stand vor dem Fenster im Wohnzimmer, die kleine Gießkanne in der Hand, und starrte in den Garten hinaus. Der Morgenwind wühlte in den noch ganz kahlen Sträuchern, und es schien mir, dieses immerwährende Gezitter der Äste, diese leise heimliche Unruhe wolle mir etwas sagen, etwas, was ich nicht verstehen konnte und was von großer Wichtigkeit war. Ich erinnerte mich an gewisse Tage meiner Kindheit ohne Trauer und Wehmut, ja selbst ohne Sympathie. Das kleine Mädchen von damals war tot, erwürgt und verscharrt von großen geschickten Händen. Es war nicht schade darum, denn es hatte sich kaum gewehrt, und um Dinge und Menschen, die sich nicht wehren, braucht man nicht zu trauern.

Schließlich kam die Frau ins Zimmer, und ich ging in den nächsten Raum und sah von dort aus in den Garten.

Der Briefträger kam. Ich hörte die Post durch den Schlitz fallen, rührte mich aber nicht. Ich erwarte keine Post. Niemals erwarte ich Briefe. Der einzige Mensch, der mir einen wichtigen Brief schreiben könnte, bin ich selbst, und so wird er auch nie geschrieben werden. Ich hörte, wie das Mädchen die Post ins Wohnzimmer trug, und sah immer noch in das Gewirr der Äste. Die Knospen auf den Bäumen und Sträuchern waren ein wenig runder geworden nach dem Regen, und das junge Gras glänzte feucht.

Früher habe ich manchmal der Versuchung nachgegeben und bin in den Garten hinuntergegangen, aber es war immer eine Enttäuschung für mich daraus geworden. Hier vom Fenster aus ist er gerade in der richtigen Entfernung für mich.

Ich stand also am Fenster und wußte, daß ich Richard zur Rede stellen mußte. Ich hörte schon jetzt seine erstaunte und protestierende Stimme. Niemals, das gehört zu seiner Taktik, gibt er etwas zu. Und das ist seine Stärke, denn damit erreicht er, daß die Leichtgläubigen ihm restlos vertrauen und die Mißtrauischen an der glatten Mauer seines Leugnens abprallen. Wenn ihm an Stella etwas lag, das heißt, solange ihr junger gesunder Körper ihn noch reizte, würde er sie nicht aufgeben, war aber die Zeit seiner Leidenschaft vorüber, würde nichts ihn hindern können, sie fallenzulassen. Und ich wußte auch, daß sie ihm völlig ergeben und hörig war und sich eher totschlagen lassen als ihn verraten würde.

Ich sah in das Gewimmel der knospenden Äste und dachte an die kurze Zeit, die für Stellas Glück bleiben würde, und es schien mir plötzlich sinnlos, auch diese kurze Zeit noch durch mein Eingreifen zu zerstören.

In der Tat war ja nichts mehr gutzumachen. Stella würde eine Zeitlang heftig leiden und dann anfangen, sich zu beruhigen, wie wir uns alle beruhigen müssen, wenn wir am Leben bleiben wollen. Sie würde einen jener Männer heiraten, die man nach einer Enttäuschung heiratet, und Kinder bekommen und langsam vergessen. Aber sie würde nie wieder die sein, die sie war, ehe sie in unser Haus gekommen war und Richards Verlangen erregt hatte.

Ich haßte und fürchtete Auftritte mit Richard. Er ist rachsüchtig und grausam in den Strafen, die er für mich ersinnt. Alle diese Strafen haben mit Wolfgang zu tun. Er ist so klug wie der Teufel, und ich habe Angst. Natürlich wußte ich, daß das eine schäbige Überlegung war. Meine Ruhe und Bequemlichkeit, ja selbst Wolfgangs Ruhe waren unwichtig im Vergleich dazu, daß ein junger hilfloser Mensch vor meinen Augen ruiniert wurde um eines Vergnügens willen, das jedes Straßenmädchen Richard hätte bieten können.

Ich schloß das Fenster und wußte, daß ich nicht mit Richard reden würde.

Der Frühling kam. Stella war wieder ruhiger geworden und ganz von ihrem heimlichen Glück erfüllt. Sie sah jetzt aus wie eine junge Frau, und das machte sie alltäglicher, als sie es früher gewesen war. Sie zog sich viel in ihr Zimmer zurück. Niemand vermißte sie übrigens, außer der kleinen Annette, die oft vergeblich an ihre Tür pochte und schließlich sich anderen Spielen zuwandte.

Wolfgang wich ihr nach wie vor aus, und Richard hatte sich ja nie um sie gekümmert. Er sah sie auch kaum daheim, fast nur an den Sonntagen. Er war in diesen Wochen von einer quälenden Rastlosigkeit, kam immer spät nach Hause, und seine ständige Aufgeräumtheit fing an, mir auf die Nerven zu fallen. Er ist einer der Menschen, die ein Zimmer so mit ihrer Vitalität erfüllen, daß man glaubt, ersticken zu müssen in ihrer Nähe.

Annette als einzige von uns spürte das nicht. Seine Nähe steigerte ihre Lebhaftigkeit bis zum Übermut, und Richards Wohlgefallen an ihr war nicht zu übersehen. Sie kann alles von ihm erreichen und nützt diese Tatsache mit liebevoller Schamlosigkeit aus, auch darin ganz seine Tochter. Wolfgang dagegen fing damals an, ihm unheimlich zu werden mit seiner stillen Höflichkeit, die neben Richards Jovialität eine Spur von Hochmut annahm.

Wolfgang stand am Fenster und sah in den Garten. Als er mich hörte, wandte er sich um, und ich sah, daß seine Augen ganz dunkel waren, vor Zorn, Kummer oder auch nur vom Nachdenken.

Sogleich lächelte er aber jenes schüchterne Lächeln, das mich täuschen sollte über seinen Zustand. »Was denkst du denn?« fragte ich.

»Eigentlich, Mama«, sagte er, »hab' ich gedacht, daß irgendein kleiner Hund oder auch nur eine Biene viel wertvoller ist als alles andere, ich meine, ein Dom zum Beispiel oder ein Flugzeug.«

Ich starrte ihn an voll Verwunderung und Freude. War es nicht unglaublich, daß dieser Gedanke, den ich nie ausgesprochen habe, in seinem Hirn gewachsen war? Es machte mich froh und traurig zugleich, aber schon schwächte er seine Worte ab. »Vielleicht ist es aber doch nicht ganz so, denn einen Hund bekommt man ja fast geschenkt, nicht?« Irgend etwas an dieser Tatsache schien ihm nicht ganz in Ordnung, wie es ja wirklich nicht ganz in Ordnung ist. Ich konnte die Zweifel hinter seinen Augen arbeiten sehen, seine Verwirrung war offensichtlich. Rasch sagte ich: »Du hast ganz recht, die Dinge haben nicht nur Geldeswert, sondern auch einen natürlichen Wert, der unverändert bleibt durch Tausende von Jahren. Alles andere ist nichts, nur das Leben zählt wirklich.« Es war mir nicht ganz wohl bei diesen Worten und ich wünschte, er hätte noch eine Zeitlang ohne diese Gedanken leben können unbeschwert und ohne Zweifel.

Sehr bald, das wußte ich, würde auch er anfangen zu leiden. Vielleicht hänge ich zu sehr an diesem Kind, weil ich es in ungezählten Kriegstagen und -nächten in den Keller geschleppt habe, eng an mich gepreßt, um ihm die nötige Wärme zu geben, nichts in mir als den Gedanken, diesen kleinen Lebenskeim zu retten. Damals glaubte ich auch noch an die Liebe und an Richard, was für mich ein und dasselbe bedeutete. Aber Wolfgang ist mir geblieben, und noch immer schleppe ich in meinen Träumen das kleine Bündel in finsteren Kellern durch den Staub und Brandgeruch einstürzender Häuser.

Wie leicht war dagegen alles mit Annette, die Geburt in einer sauberen ruhigen Klinik, das Stillen bei guter Ernährung, alles so mühelos und fast nebenbei, als hätte man sich eine kleine Katze angeschafft, die anfing, durch die Zimmer zu krabbeln und bald auf eigenen Beinen stand. Annette hätte ebensogut das Kind einer Bekannten sein können, das zu Besuch bei mir war, ein Kind, dem man zu essen gibt, das man badet und kämmt, dem man weiße Söckchen anzieht und an dessen gesunden jungen Duft man sich leise erwärmt.

Nie war Annette ein Problem gewesen, und nie würde sie eines sein. Das leise Unbehagen, das mich manchmal in ihrer Nähe beschleicht, wenn sie auf meinen Schoß klettert und mich abküßt, gilt nicht ihr, und ich verscheuche es, sobald es auftaucht.

Es ist angenehm, von Annette geküßt zu werden, auch wenn ich weiß, daß sie ihren Vater, die Milchfrau, den Doktor und den Hund von nebenan ebenso leidenschaftlich abküßt wie mich zuweilen. Ihre Küsse sind nur eine plötzliche Aufwallung und bedeuten nichts, sie sind vollkommen unverbindlich und im nächsten Moment vergessen.

Wolfgang küßt niemanden. Wenn er seine Nase einen Moment lang auf meine Wange drückt, so ist das von unerhörter Bedeutung, im Vergleich zu Annettes Küssen.

Er hatte sich jetzt wieder dem Fenster zugewandt, und aus irgendeinem Grund hielt ich es für angebracht, ihn auf andere Gedanken zu bringen.

»Hättest du nicht Lust, Fritz zu besuchen«, sagte ich, »oder Tante Ella?« Aber er wollte nicht. Ich merkte deutlich, daß ich anfing, ihn zu stören, so verließ ich ihn, und er blieb am Fenster stehen und rührte sich nicht.

Nach einer Viertelstunde fand ich ihn noch immer in dieser Haltung und ich mochte das nicht. »Wir könnten uns den Kulturfilm anschauen«, schlug ich ihm vor, »und nachher Papa von der Kanzlei abholen.«

Er drehte sich scharf um. »Nein«, sagte er, »nicht zu Papa. Aber wir könnten spazierengehen, Auslagen anschauen und so.« Es war mir einerlei. Im Bewußtsein, eine wichtige Pflicht zu erfüllen, zog ich den Mantel an und setzte den Hut auf. Ich konnte zwar nicht verstehen, warum Wolfgang, der mir erst gestern erzählt hatte, wie gern er den Film sehen würde, jetzt plötzlich Auslagen anschauen wollte, noch dazu bei so unfreundlichem zugigen Wetter, aber wer weiß, vielleicht würde uns beiden die frische Luft guttun.

Wir bummelten etwa eine Stunde lang durch die Straßen, und Wolfgang entwickelte eine fiebrige Heiterkeit, machte mich auf dies und jenes aufmerksam und spielte so offensichtlich Theater, daß mein Herz ganz schwer wurde vor Kummer. Etwas war mit ihm nicht in Ordnung. Mir summte der Kopf, als wir nach Hause kamen, und Wolfgang setzte sich an den Tisch und verfiel ganz plötzlich von einer Minute zur anderen. Blaß und mit dunklen Ringen um die Augen, saß er vor seinem Kakao und schien unsagbar müde zu sein. Ich brachte ihn selbst zu Bett und wartete, bis er eingeschlafen war. Dann erinnerte ich mich, daß der Frühling für ihn immer eine anstrengende und ungute Zeit ist, die ihn sehr mitnimmt.

Ich war übrigens auch müde und wartete nicht auf Richard. Annette war bei der Großmama, und so konnte ich mich ruhig hinlegen. Ich hörte Richard nicht kommen, und auch Stella sah ich erst beim Frühstück.

An einem der folgenden Tage geschah die Sache mit den Veilchen. Ich erinnere mich genau, es war an einem Mittwoch, an einem der Tage also, an denen Stella ihren Italienischkurs nicht besuchte. In ihrem schwarzen, ein wenig zu engen Kleid stand sie plötzlich vor mir im Zimmer und streckte mir einen kleinen Veilchenstrauß entgegen. »Wunderschön sind die Blumen«, sagte ich ihr und nahm sie ihr ab. Sie tat mir leid. Ich hatte eine Ahnung davon, was in ihr vorging. Ihr Blick war gedrückt und flehend, und mit einemmal sah sie wieder aus wie das ungeschickte große Kind, als das sie zu uns gekommen war. Ich beugte mich ein wenig vor und küßte sie auf die Wange. Sie zuckte erschreckt zurück und sah dann einen Moment lang aus, als werde sie sich schluchzend an meinen Hals werfen. Eine unbeherrschte Bewegung von mir, instinktiv war ich einen Schritt zurückgetreten, brachte sie wieder zu sich. Und nichts geschah. Stella ging in ihr Zimmer und ich in das meine, und ich verscheuchte, wie seit Wochen, den Gedanken an sie.

Ein wenig später fragte mich Wolfgang, von wem die Veilchen wären. Als er Stellas Namen hörte, sah er plötzlich böse und erbittert aus wie ein uralter Mann und ging gleich wieder weg.

Ich stellte die Veilchen vom Tisch auf die Kommode und fühlte mich hilflos und unglücklich. Dann fiel mir ein, daß ich ja nach dem Essen sehen mußte.

Und später, im Bett liegend und lesend, vergaß ich Stella, die Veilchen und mich selbst. Aber Wolfgang vergaß ich nicht, als quälendes Unbehagen lag er ganz seicht unter meinem Bewußtsein.

Der April kam. Ich tat meine Arbeit wie immer, der Haushalt lief wie am Schnürchen. Annette brachte schlechte Noten nach Hause, und ich gab ihr täglich ein Diktat. Wolfgang hielt sich auffallend viel bei seinem Freund auf, und an Richard erinnere ich mich tatsächlich nicht, er muß gewesen sein wie immer. Für ihn spielte sich ja auch nichts Außergewöhnliches ab. Er war im Begriff, ein Liebesverhältnis zu liquidieren, ein Vorgang, den er schon so oft erlebt hatte, daß er ihn unmöglich aus dem Gleichgewicht bringen konnte.

Stellas Kurs war zu Ende gegangen, ganz unmotiviert, mitten im Jahr. Sie machte sich gar nicht mehr die Mühe, mich zu belügen, und ich fragte nicht. Ich war bedacht, sie zu schonen und nicht auch noch mit unnützen Fragen zu quälen. Sie verbrachte nun jeden Abend zu Hause, und ich saß öfters mit ihr beim Tee und wartete auf Richard. Aber der war mit Arbeit überlastet und kam stets spät nach Hause. Manchmal roch er jetzt nach einem mir unbekannten Parfüm und hoffte, Stella werde es nicht bemerken. An diesem Abend wäre es mir lieber gewesen, sie wäre zu Bett gegangen, aber sie blieb sitzen und las die Zeitung, obgleich ihr die Augen schon zufielen vor Müdigkeit.

Sie las aber die Zeitung gar nicht, sie hielt das Blatt vor ihr Gesicht und regte sich nicht. Sie vergaß ganz, daß man beim Zeitunglesen von Zeit zu Zeit umzublättern hat. Ich wußte, was in ihr vorging. Wild vor Sehnsucht und Verzweiflung wartete sie darauf, Richard wenigstens zu sehen, seine Stimme zu hören und einen Blick von ihm zu erhaschen. Ich konnte die Demütigungen ahnen, die sie schon hinter sich hatte und die ihr noch bevorstanden. Und hundertmal überlegte ich, ob ich zu ihr sprechen sollte oder nicht. Ich wollte kein Geständnis hören, denn es gab keine Antwort darauf, und ich hatte es satt zu lügen.

Eines Abends, Richard war endlich gekommen, ging ich noch einmal in die Küche, um frischen Tee zu kochen. Als ich zurückkam und vor der Tür stand, hörte ich Richard zu Stella sprechen. Unsere Türen schließen sehr gut, und ich konnte kein Wort verstehen, aber der schneidend kalte und böse Ton seiner Stimme entging mir nicht. Stella mußte von ganz besonderer Hartnäckigkeit sein, denn es ist nicht Richards Art, auf diese Weise zu einer Frau zu sprechen; die glatte, unverbindliche Liebenswürdigkeit liegt ihm viel mehr. Ich stieß mit dem Teebrett gegen die Tür und trat endlich ein, ein möglichst gleichgültiges Lächeln um den Mund.

Stella stand an den Ofen gelehnt und zerknüllte ein Taschentuch in der Hand. Ihr Gesicht war weiß wie die Mauer, und ich schaute sofort weg.

Sie sagte »gute Nacht« mit einer Stimme, die mich frösteln ließ, und ging mit eiligen blinden Schritten aus dem Zimmer.

»Stella sieht elend aus«, sagte ich. Richard zuckte mit den Schultern. »Wer weiß, wo sie sich herumtreibt«, sagte er. »Ich werde froh sein, wenn sie glücklich wieder bei ihrer Mutter ist. Die Verantwortung ist zu groß für uns. Man hat ja nicht Zeit, daß man sie richtig überwacht.«

Ich schwieg, was hätte ich darauf antworten können? Das Lampenlicht lag auf seinem blühenden, glatten Gesicht, und als ich mich zu ihm beugte, um den Tee einzuschenken, stieg mir ein zarter fremder Duft in die Nase. Während ich ihm dann gegenübersaß und die vollkommene Unberührtheit und Ruhe seines Gesichts betrachtete und an Stella dachte, die in ihrem Zimmer schluchzend auf dem Bett liegen mochte, überfiel mich eine Welle von Übelkeit und Schwindel. »Es ist nicht möglich«, dachte ich, »das gibt es einfach nicht.« Aber ich wußte, daß es möglich war und daß ich nur nicht fähig bin, es zu begreifen.

Als wir endlich schlafen gingen, war es sehr spät.

Am nächsten Tag kam Stella schon um vier Uhr von der Schule heim und ging sofort in ihr Zimmer. Als sie nicht zum Abendessen erschien, brachte ich ihr ein Tablett mit Tee und Brötchen ins Zimmer. Sie war totenblaß, die Lippen wund und merkwürdig rot und wie verschwollen. Sie sagte etwas von wahnsinnigen Kopfschmerzen und drehte sich zur Wand. Ich gab ihr ein Pulver und ließ sie allein. Am andern Tag blieb sie liegen, aß nicht und hielt das Gesicht zur Wand gekehrt. Sie hatte kein Fieber, und der Puls war normal. Als sie wieder aufstand und zur Schule ging, war sie völlig verändert. Sie kam kaum noch ins Wohnzimmer, lag viel auf ihrem Bett, und manchmal sah sie mich an wie eine Verrückte. Und wieder fragte ich sie nicht, aus Angst vor dem, was ich hören würde. Immer noch war ich in der lächerlichen Meinung, mich und damit Wolfgang aus Richards dunklen Machenschaften heraushalten zu können. Ich fühlte ehrlichen Kummer bei dem Anblick ihres schönen Gesichtes, das von einem wilden, stummen Schmerz besessen war, aber ich wünschte nicht, die Wand zu durchbrechen, die mich von diesem Schmerz noch trennte.

Eines Nachmittags lud ich sie ein, mit mir in die Stadt zu fahren, in der Hoffnung, sie ein wenig ablenken zu können. Wir machten ein paar kleine Besorgungen. Stella ganz geistesabwesend in ihrem neuen wahnsinnigen Zustand und ich verzagt, ungeschickt und ein wenig angewidert. Ich bemerkte, daß uns die Leute nachstarrten, und brachte Stella schließlich in ein Café, in dem Richard manchmal seine Schachbekanntschaften trifft. Ich fühlte mich schrecklich unbehaglich neben dieser wandelnden Göttin des Unglücks und hätte sie am liebsten geschlagen, um sie aus ihrer Trance zu wecken.

»Stella«, sagte ich scharf, »Stella.« Sie hörte mich gar nicht. Mit entsetzt aufgerissenen Augen sah sie an mir vorbei. Ich folgte ihrem Blick und sah, daß mich am Nachbartisch jemand grüßte. Es war ein Bekannter Richards, ein gewisser Doktor W., ein Frauenarzt, der seine Ordination in der Nähe von Richards Kanzlei hat. Richard hatte ihn einmal in einer Scheidungssache vertreten und gut vertreten. Dieser Doktor W. wollte seine Frau loswerden und arrangierte es so, daß sich einer seiner Freunde mit ihr überraschen ließ. Es ist natürlich ein alter Trick, und jedermann wußte, wie es gemacht wurde, und belustigte sich darüber. Aber er wurde schuldlos geschieden und brauchte keine Alimente zu zahlen.

Jedesmal, wenn ich diesen Menschen sehe, wird mir übel.

Stella sah jetzt krampfhaft in ihre Tasse. Ich zahlte und sagte: »Gehen wir, Stella.« Sie nickte und stand auf. Als wir auf der Straße waren, hängte ich mich in sie ein und spürte, wie sie zitterte.

Was soll aus diesem großen unglücklichen Kind an meiner Seite werden? Zorn und Scham trieben mir das Blut zum Herzen. Aber ich schwieg. Zu Hause schickte ich Stella sofort zu Bett und gab ihr eines meiner Schlafpulver. Sie sah mich dankbar an und drückte das Gesicht auf meine Hand. Ich zog die Hand rasch zurück. Nun, Stella hatte wirklich keine Ursache, mir dankbar zu sein.

Richard kam in bester Stimmung nach Hause. Seine Augen waren blau, feucht und erregt. Er küßte mich auf die Wange, und ich wunderte mich darüber, daß ich keinen Ekel empfand.

»Was hast du den ganzen Tag getrieben?« fragte er heiter. »Ich war mit Stella in der Stadt«, sagte ich. »Übrigens, wir haben deinen Freund Doktor W. getroffen.«

Schweigen, dann seine Stimme mit einer Nuance Mißtrauen und Vorsicht. »Freund ist übertrieben, ich hab' ihn schon eine Ewigkeit nicht gesehen. Sonst was Neues?« »Sonst nichts«, sagte ich und sah ihn an. Ich habe das Unglück, daß man in meinen Augen lesen kann. Was Richard in meinen Augen lesen konnte, mußte ihn erschrecken und tat es auch.

Er sah sofort von mir weg und sagte mit seiner ruhigen, angenehmen Stimme, mit dieser Stimme eines Ehrenmannes: »Und was treibt Wolfgang die ganze Zeit, ich hoffe, es gibt keine Klage.« »Nein«, sagte ich, »es gibt keine Klage.« Ich hätte ihm ins Gesicht lachen können. Gern hätte ich gesagt: »Mein Lieber, du mußt mich nicht daran erinnern, daß du mich mit Wolfgang erpressen kannst. Ich weiß es schon, wie sehr ich dir ausgeliefert bin.« Aber ich sagte es nicht. Er würde mich unerbittlich bestrafen, mich und Wolfgang, der doch ganz unschuldig war. Stella war nicht mein Kind. Es war ihr auch nicht zu helfen. Nichts, was ich tat, konnte ihr noch helfen. Ich hoffte, sie werde in kurzer Zeit in die kleine Stadt, aus der sie gekommen war, zurückkehren, und ich brauchte sie nicht mehr zu sehen, nie mehr.

Angeekelt und plötzlich sehr müde ging ich zu Bett. Ein wenig später spürte ich Richards Hand auf der Schulter und roch seinen sauberen Atem. Er erzählte mir von einem Ring, den er gesehen hatte und der wunderbar zu meinem Abendkleid paßte. Ich rührte mich nicht, aber er zog die Hand nicht zurück, und so blieben wir liegen, bis wir eingeschlafen waren. In dieser Nacht träumte ich, ich sei in einem Keller verschüttet. Eine riesige Last verkohlter Mauern lag auf mir und erdrückte mich langsam.

Die nächste Woche verging verhältnismäßig schnell. Die Maler kamen ins Haus und strichen alle Fensterrahmen. Das war ein Anlaß für Richard, um überhaupt nur noch zum Schlafen nach Hause zu kommen, und ich war ihm dankbar für sein Fernbleiben. Es war ja auch für Stella besser, wenn sie ihn eine Zeitlang nicht sah.

Gerade diese Woche war sehr kühl und regnerisch, und wir froren erbärmlich bei einfachen Fenstern. Unbehagen und Feuchtigkeit erfüllten das Haus vom Keller bis zum Dachboden. Fortwährend war ich hinter Annette her, bedacht darauf, sie von den klebenden Türen und Fenstern fernzuhalten, aber es endete doch damit, daß sie mit breiten weißen Streifen auf ihrem grünen Samtröckchen daherkam, die sich weder von Terpentingeist noch von irgend etwas anderem vertreiben ließen.

Mit Flecken ist es überhaupt eine merkwürdige Sache. Noch nie im Leben ist es mir gelungen, einen von ihnen wegzubringen. Zutiefst mißtraue ich den Frauen, die vorgeben, Flecken wegputzen zu können. Entweder sie lügen oder es geht bei ihnen nicht mit rechten Dingen zu. Unsere Kleider jedenfalls wandern alle in die Reinigungsanstalt, von wo ich sie zwar sauber, aber in durchsichtige Fähnchen verwandelt zurückbekomme. Wahrscheinlich werden dort Flecken mit Rasiermessern und Schmirgelpapier entfernt. Auch Annettes grünes Röckchen ist verloren und wird nach der Reinigung kaum noch zu gebrauchen sein.

Aber nach allem, was geschehen ist, kommt es wirklich nicht darauf an. Annette bekam einen Klaps und saß verheult und bockig in der Küche auf der Kohlenkiste, das Unterröckchen über die Knie gezogen. Endlich erbarmte sich Wolfgang und ging mit ihr spazieren. Das geschah schon am ersten Tag dieser Heimsuchung. Die folgenden Tage verliefen nicht anders.

Letzten Endes, als wir alle schon aufatmeten, stellte sich heraus, daß die Maler alle Fenster vertauscht hatten und sich keines mehr schließen ließ. Wolfgang und ich arbeiteten einen halben Tag, um das in Ordnung zu bringen, und fielen am Abend erschöpft in unsere Betten.

Die ganze Zeit über hatte Stella sich nicht um uns gekümmert. Vormittags ging sie wie bisher zur Schule, und am Nachmittag lag sie auf ihrem Bett und starrte auf die Wand.

Die Arbeit, so lästig und widerlich sie mir war, kam mir gerade recht. Sie machte es mir einfach unmöglich, mich mit Stella zu befassen. Ich begriff ihre Lage sehr gut, aber ich konnte mir einfach nicht vorstellen, was nun zu geschehen hatte, und am allerwenigsten konnte ich in dieser Sache von Richard Hilfe erwarten. Für ihn war Stella gar nicht mehr vorhanden. Er hatte alles geregelt, was zu regeln war, und ging seiner Wege mit der Miene des überbeschäftigten Mannes, den man einfach nicht stören darf in seinen wichtigen Geschäften.

Am Sonntag fuhren wir mit dem Wagen, es hatte endlich aufgehört zu regnen, aufs Land. Stella schlug meine Einladung aus und entschuldigte sich damit, daß sie zu lernen hätte. Ich war froh, sie einen Tag lang nicht zu sehen. Neben Richard im Wagen sitzend, entspannte ich mich ein wenig und vergaß sie für einige Stunden vollkommen. Richard war von bezaubernder Heiterkeit und sichtlich bestrebt, mir den Tag so angenehm wie möglich zu machen. Niemand versteht das so gut wie er, und nicht einmal der Gedanke, daß er es mit einer ganz bestimmten Absicht tat, konnte mich, müde und erschöpft, wie ich war, ernstlich stören. Wir waren eine glückliche Familie, und ich wollte nicht merken, daß Wolfgang sich auf dem Rücksitz allzu ruhig verhielt und nicht wie sonst auf Annettes Gezwitscher einging.

Am Abend ging ich nicht mehr in Stellas Zimmer; ich fand, sie hätte wenigstens in die Küche kommen und mich begrüßen können. Der Gedanke, daß ich sie nun wieder täglich vor Augen haben werde, machte mich ganz schwach vor Ärger und Ungeduld.

Ich fing an, Richard zu begreifen, der so rücksichtslos den Umgang mit kranken und unglücklichen Leuten vermeidet.

Am Montagmorgen, ich hatte gerade gefrühstückt, klingelte das Telephon. Widerwillig riß ich mich los vom Anblick des zartblauen Himmels über der Lindenkrone und ging ins Vorzimmer.

Zunächst begriff ich gar nichts, aber die fremde Männerstimme wiederholte mir alles sehr genau, deutlich und langsam. Ich zog mich an und fuhr in dic Unfallklinik. Während sie Stella operierten, saß ich in einem kleinen Besuchsraum und wartete. Man hatte mir kaum Hoffnung gelassen, es war nicht zu erwarten, daß sie wieder zu Bewußtsein kommen werde. Ich starrte auf das Muster im Fußboden und versuchte, meine quälende Erstarrung abzuschütteln.

Auf einem Tischchen stand eine Zimmerlinde, und ich fing an, ihre lichten herzförmigen Blätter zu zählen. Stella, dachte ich, sechs, sieben, acht und immer wieder Stella. Das Bäumchen schwankte und neigte sich mir entgegen, dann stürzte der Fußboden auf mich zu.

Jemand wischte mir das schmerzende Gesicht ab. »Sie sollten einmal ihr Herz anschauen lassen«, sagte die Schwester. Ich lachte laut. Sie sah mich streng an und stach mich mit einer Nadel in den Arm. »Da gibt es nichts zu lachen«, sagte sie. Ich verstummte erschrocken, ich wußte gar nicht, daß ich gelacht hatte. Mein Herz war durchaus in Ordnung, es war sogar sehr stark und kräftig, niemand wußte das besser als ich. Ich setzte mich auf und fragte nach Stella. Die Schwester wußte noch nichts, sie war von der Ambulanz und hatte nichts zu tun mit dem Operationssaal.

»Ist sie ihre Tochter?« fragte sie ein wenig besänftigt und offenbar geneigt, mir mein unpassendes Gelächter zu verzeihen.

Ich sagte »nein«, und sie schien ihre Milde sogleich zu bereuen. »Legen sie sich zurück«, kommandierte sie böse, »und bedenken sie, daß diese Dinge zu unserem Besten geschehen, wenn wir es auch nicht begreifen.« Ich gehorchte. Gewiß hatte die Schwester recht, und selbst wenn sie nicht recht gehabt hätte, ich war nicht in der Lage, meine Argumente vorzubringen. Sie hatte den Kragen meiner Hemdbluse aufgeknöpft, und als sie wegsah, knöpfte ich ihn rasch wieder zu. Mit dieser Handlung kehrte auch meine Kraft und Haltung zurück. »Mir ist schon besser«, wagte ich zu sagen. Sie sah mich zweifelnd an und verließ mich dann mit der Drohung, sie werde bald wieder nach mir sehen. Ich setzte mich auf und wartete.

Als der Arzt kam, sah ich schon an seinem Gesicht, daß Stella tot war. Man hatte sie nur noch der Form halber operiert. Ich hatte eigentlich nichts anderes erwartet, überzeugt von der Gründlichkeit ihrer Unternehmungen. »Soll ich ein Taxi bestellen?« fragte der große fremde Mann im weißen Mantel. Ich nickte, und er gab einer Schwester den Auftrag. Er meinte noch, ich sollte sie, angegriffen wie ich war, lieber nicht ansehen. Aber ich bestand darauf, und achselzuckend führte er mich zu ihr.

Daß dieses weiße fremde Bündel Stella sein sollte, die

mich vor zwei Stunden lebend verlassen hatte, war nicht zu begreifen. Ich legte meine Hand auf ihre Wange, die schon ganz kühl war, noch kälter als meine Hand. Dann war der Wagen da. Man händigte mir Stellas Tasche aus, und ich fuhr nach Hause.

Jetzt hätte ich eigentlich Richard anrufen müssen, aber ein dunkles Schamgefühl hielt mich davon ab. Nicht weil ich glaubte, ihn schonen zu müssen, sondern weil es mir ein Verbrechen an Stella schien, zu Richard über sie zu sprechen.

Drei- oder viermal ging ich ins Vorzimmer, hob den Hörer ab und legte ihn wieder hin. Schließlich fand ich mich rauchend und ohne einen Gedanken am Fenster stehen und blind in den Garten starren.

Nach der verregneten Woche war ein strahlendschöner Tag angebrochen. Wassertropfen zitterten an den jungen Lindenblättern, und die Luft strömte frisch und rein durchs Fenster.

Stella war tot, und große Erleichterung überfiel mich. Nie wieder mußte ich mir den Kopf darüber zerbrechen, was ich ihr sagen sollte, nie wieder würde ich ihr bleiches, zerstörtes Gesicht sehen. Stella war tot, und ich konnte zurückkehren in mein altes Leben mit Wolfgang, dem Garten und der guten täglichen Ordnung. Die Erleichterung war so stark, daß ich leise zu lachen begann.

Gegen Mittag kam Wolfgang nach Hause. Ich sagte ihm, was geschehen war, und er fragte, wie mir schien, ziemlich ungerührt: »Weiß Papa schon davon?« Später ging er ins Vorzimmer und telephonierte. Ich hörte ihn sagen: »Stella ist tot, Papa. Ja, ich bleib' zu Hause. Vielleicht kannst du früher kommen. Auf der Unfallklinik, ja, gut.« Plötzlich fing ich an zu frieren; der da draußen sprach, war nicht mein Kind, das ich an mein Herz gedrückt, durch die Bombentage geschleppt hatte, sondern ein fremder erbitterter Mann, völlig erwachsen, kalt und ohne Erbarmen.

Ich hörte, wie er in die Küche ging und mit dem Teegeschirr hantierte. Gehorsam trank ich den heißen Tee, den er mir brachte. Ich hatte das Verlangen, die Tasse hinzustellen, Wolfgang an mich zu ziehen und endlich zu weinen, aber ich schämte mich vor diesem neuen Wolfgang, der so streng und starr aufgerichtet neben mir saß und mich nicht ansah. Erst als er eine Decke über mich gebreitet hatte und aus dem Zimmer gegangen war, drehte ich mich zur Wand und fing an zu weinen. Ich weinte um Wolfgang, um Stella, um Richard und um mich, und es schien mir, als könnte ich nie mehr aufhören zu weinen. Ich spürte die Nässe auf meinen Wangen, auf meinen Händen und den salzigen Geschmack der Tränen im Mund. Langsam wurde ich matt, leer und friedlich.

Gegen Abend kam Richard nach Hause. Er war schon im Krankenhaus gewesen und hatte mit dem Primarius, den er gut kannte, alles geregelt. Ich fragte ihn nicht, ob er Stella gesehen hatte, wahrscheinlich nicht. Zum erstenmal war ich froh darüber, nicht mehr mit Wolfgang allein sein zu müssen.

Er ging übrigens sogleich weg, als sein Vater kam, um Annette von der Großmama abzuholen, wohin er sie mittags geschickt hatte.

Richard setzte sich zu mir und gab mir eine Zigarette. Ich sah, daß er ärgerlich war über Stellas unpassendes Verhalten. Immer hatte sie getan, was er von ihr verlangte, und nun, als er schon alles in bester Ordnung geglaubt hatte, mußte sie ihm Scherereien machen. »Es war ein Unfall«, sagte er, »ganz eindeutig ein Unfall.«

Ich nickte nur und sagte nichts. Die Wärme seiner Hand drang durch mein Kleid und erfüllte mich mit Ruhe und Behagen. Mein Hirn wußte, wer Richard war, aber mein elender geschwächter Körper sog gierig die Wärme und das Behagen ein, das von ihm ausströmte.

Übergangslos schlief ich ein.

Am folgenden Tag nahm ich meine Beschäftigung wieder auf. Nach dem Begräbnis und nach Luises eiliger Abreise war es manchmal für Stunden, als wäre Stella nie in unser Haus gekommen. Luise hatte ihre Sachen mitgenommen, das Fremdenzimmer stand leer, und das Bett war frisch bezogen. Nichts darin erinnerte an Stella.

Ich fange an, müde zu werden. Zwei Tage habe ich geschrieben. Bald wird Richard mit Annette heimkommen und ein wenig später Wolfgang. Und ich weiß nicht, was weiter mit uns geschehen soll. Ich weiß es nicht. Ich möchte die Augen zumachen, schlafen und vergessen, aber es gelingt mir nicht.

Ich werde das Fenster öffnen und Luft ins Zimmer lassen. In den letzten Stunden habe ich vergessen auf den Vogel in der Linde. Er sitzt nicht mehr auf seinem Ast. Seine Mutter ist nicht gekommen. Wahrscheinlich liegt sein kleiner Balg unten im Gesträuch; in wenigen Tagen wird er verschwunden sein, aufgelöst, als hätte es ihn nie gegeben. Ich wollte, seine Mutter hätte ihn gefunden und in Sicherheit gebracht, aber ich habe nie wirklich daran geglaubt.

Jetzt wünsche ich mir, daß ein Wunder geschieht, daß der kleine Vogel noch warm und sicher im Nest sitzt, daß Stella in ihrem fröhlichen roten Kleid ins Zimmer tritt, jung, lebendig und noch unberührt von Tod und Liebe, und daß Wolfgang wieder sein Gesicht an meines drückt und mein Herz vor Zärtlichkeit beben macht. Und ich wünsche, ich könnte in Richards Armen liegen, ohne Furcht und Grauen, ganz der besänftigenden Wärme seines großen Körpers hingegeben.

Und dann erwache ich aus meinen Gedanken, und das Wissen überfällt mich als ein Schlag gegen die Brust.

Nichts kann den Tag ungeschehen machen, an dem Wolfgang mit dem Rücken zu mir sagte: »Kannst du Papa beibringen, daß ich im Herbst in ein Internat auf dem Land möchte?«

Ich starrte auf den schmalen eigensinnigen Nacken, unter dem glänzenden dunklen Haar.

»Aber«, stammelte ich, »aber Wolfgang, warum denn?«

Er überging meine Frage, wie man als wohlerzogener Mensch unpassende Fragen übergeht.

»Es ist doch zu spät für die Anmeldung«, sagte ich hastig, »das hätten wir früher machen sollen.«

Plötzlich drehte er sich zu mir. »Ich hab' selbst hingeschrieben, Mama. Du hast doch immer gesagt, daß mir die Stadtluft nicht guttut. Es sind noch Plätze frei. Ich denke, es wird Papa recht sein.«

O ja, und wie recht es ihm sein wird, dachte ich erbittert. Da war es wieder, dieses Gefühl der Scham dem Knaben gegenüber, der mein Kind gewesen war. Ich atmete tief und sagte: »Vielleicht hast du recht. Papa wird es schließlich gutheißen. Deine Gesundheit ist ja wirklich nicht die beste. Und in den Ferien«, fügte ich hinzu, »wird es dann um so schöner sein.«

Er senkte die langen Wimpern auf die Wangen und sagte: »Natürlich, Mama.« Dann kam er auf mich zu und legte seine Wange einen Moment lang auf die meine. Das kühle, angeekelte Wissen in seinen Augen war getrübt von ein wenig Mitleid und Trauer.

Aber ich mag kein Mitleid. »Ist schon gut«, sagte ich, »ich werde mit Papa sprechen.«

Er ging zur Tür hinaus, und ich blieb, für alle Zeiten, allein zurück.

Der Gedanke überfiel mich, meine Koffer zu packen und mit Wolfgang zu verreisen. Ich könnte in einer anderen Stadt zwei Zimmer mieten, für mich und die Kinder, und noch einmal von vorne anfangen.

Aber ich wußte natürlich, daß es unmöglich war.

Einmal war alles gut und in Ordnung, und dann hat jemand die Fäden verwirrt. Ich kann den Anfang nicht mehr finden, und das Gespinst unter meinen Händen verwirrt sich von Tag zu Tag mehr, es wächst und wuchert, und eines Tages wird es mich begraben und ersticken.

Ich fürchte mich. Jeden Tag rufe ich mich hundertmal zurecht und sage mir: Hör auf zu denken, geh weg vom Fenster, gib deine erbärmlichen Gewohnheiten auf, dieses In-den-Garten-Starren und von einem Zimmer ins andere zu gehen. Es gibt nichts zu sehen im Garten für dich.

Kümmere dich um das Haus, um Annette, und denk an deine Pflichten.

Dann nehme ich die Tasche und gehe einkaufen, und etwas springt mich an, aus den Augen der toten Fische und aus dem rosig-blassen Fleisch der geschlachteten Kälber, und ich laufe aus dem Geschäft, und wenn ich über die Straße gehe, spüre ich es im Rücken. Aber ich schaue nicht zurück, denn es lohnt sich nicht zurückzuschauen. Erschöpft und zitternd setze ich mich wieder auf den Diwan, und meine Gedanken fangen an fortzulaufen, und alles fängt von vorne wieder an. Luise tritt ins Zimmer und fragt mich, ob ich Stella für ein Schuljahr zu mir nehmen könnte, und ich wage nicht, nein zu sagen, in ihr kleines, böses Frettchengesicht. Ich lege wieder Spitzendeckchen auf die Kommode und stelle die Windhunde darauf, die Pferde und die Tänzerinnen, und wir holen Stella von der Bahn ab, ein wenig betrübt über die Störung, die sie für uns bedeutet. Richard verschwendet kaum einen Blick an sie, er riecht manchmal nach Chanel N° 5, und Stella ist noch nicht in Gefahr. In ihren braunen Kleidern sitzt sie über ihren Heften und langweilt sich oder strickt Socken für die Armen.

»Man müßte ihr Kleider kaufen, und sie wäre eine Schönheit«, sage ich zu Richard, und dann kommt der Tag, an dem er zum erstenmal Stella sieht.

Ja, ich weiß, wie alles gekommen ist. Ich wickelte die Spule verkehrt ab und sehe, es hat so kommen müssen. Ich erlebe wieder die Abende mit Wolfgang, wir sprechen von Achill und Kassandra, und ich bin glücklich.

Natürlich könnte ich auch an die Zukunft denken, aber das tue ich nie. Sie wird ganz ohne mein Zutun kommen und uns auf unheimliche Weise zu dem machen, was wir nie sein wollten. Jede Minute, jede Sekunde verwandelt uns weiter fort von uns.

Und nichts fürchte ich mehr als den Tag, an dem ich vergessen werde, daß einmal alles anders war. Ich versuche, mir das Gefühl zurückzurufen, das ich hatte nach dem Zubettgehen, diese schwingende Stille, das langsame Versinken in den Schlaf, noch ohne Angst und Reue, und das Erwachen in der Dämmerung, allein, glückselig und eins mit mir selbst. Wann werde ich die Zärtlichkeit vergessen, die mich vom Herzen her überschwemmte, wenn ich Wolfgang in den Armen hielt.

Ich höre Schritte auf dem Kiesweg, Richards Schritte und die eiligen kleinen von Annette. Ohne ans Fenster zu treten, sehe ich ihn, wie er langsam geht, um sie nicht zu ermüden, wie seine Hand ihre runde Kinderhand umschließt und wie er geduldig ihre Fragen beantwortet.

Für einen Herzschlag lang bin ich verwandelt in das kleine Mädchen, in einer Welt der süßen heiteren Wärme, an der Hand eines allmächtigen und gütigen Vaters.

Und während Stellas Fleisch sich von den Knochen löst und die Bretter des Sarges tränkt, spiegelt sich das Gesicht ihres Mörders im blauen Himmel unschuldiger Kinderaugen.

DAS FÜNFTE JAHR

Als Marili erwachte, sah sie die verschneite Wiese. Auch auf dem Mauervorsprung unter dem Fenster lag eine dicke Schneehaube, und es schneite noch immer.

Aus dem grauen Himmel schwebten riesige Flocken schwerelos an den Scheiben vorüber.

Es schien dem Kind, als habe es nie etwas anderes gegeben als Schnee und Winter. Oder war es auszudenken, daß das Schneegebirge im Hof jemals schmelzen sollte?

Immer war es am Morgen kalt im Zimmer. Die Tür zum Schlafzimmer der Großeltern war nun geschlossen. Der Großvater pflegte sie leise zuzuziehen, um das kleine Mädchen nicht zu wecken; er stand schon auf, wenn es noch ganz dunkel war. Manchmal erwachte Marili und sah den schwachen Schein seiner Kerze an der Wand ihres Zimmers. Dann hörte sie das Geflüster der alten Leute und das Ächzen der Bettstelle, wenn der Großvater sich aufrichtete. Später tauchte der Umriß seines Kopfes im Türspalt auf, und Marili lag mit angehaltenem Atem, bis sie das leise »Klick« vernahm, mit dem er die Tür sachte schloß.

Dann lag sie ganz allein und von aller Welt getrennt in ihrem großen Bett. Wie aus weiter Ferne hörte sie die Geräusche aus dem Schlafzimmer. Der Großvater hustete, und es klang, als hätte der Mann im Mond gehustet. Das Geplätscher des Waschwassers versetzte sie in einen friedlichen, traumähnlichen Zustand. Das Zimmer verwandelte sich in ein sicheres Gehäuse, und sie streckte sich lang aus und lauschte den kleinen Wellen, die an die Wand ihrer Zelle schlugen.

Beim zweiten Erwachen fiel schon das Tageslicht durchs Fenster und ließ sie jedes Möbelstück deutlich erkennen. Das ganze Zimmer war jetzt kalt und ablehnend gegen das Kind.

Dem Bett gegenüber hing ein großes Bild des Gekreuzigten. Es war in lehmiger Farbe gehalten, mit dem bräunlichen Hintergrund flacher Hügel; der große, nackte Körper am Kreuze leuchtete in einem fahlen, grünlichen Licht. Marili wußte, daß dieses Bild, vor dem sie ihr Abendgebet verrichtete, den Sohn Gottes darstellte. Man hatte ihr gesagt, es sei ein schönes altes Gemälde, trotzdem hielt sie beim Gebet stets die Augen auf die Hände gesenkt, um es nicht sehen zu müssen.

Es war eines ihrer kleinen Geheimnisse, daß sie abends im Bett stets dem Bild den Rücken zukehrte. Der Gott, zu dem sie dann betete, war alt und freundlich, ein entfernter und mächtiger Verwandter ihres Großvaters.

Zu ihm zu beten war keine langweilige Pflicht, sondern die letzte Freude des Tages. Er war es ja, der die Schutzengel aussandte, der die Vögel singen ließ und den Kühen die kleinen gefleckten Kälber schenkte. Er war niemals ungeduldig gegen Marili und hatte immer für sie Zeit.

Sie konnte nicht begreifen, wozu der große, nackte Sohn Gottes gut sein sollte, sie, Marili, brauchte ihn jedenfalls nicht. Manchmal, wenn sie nachts erwachte, erinnerte sie sich seiner. Deutlich fühlte sie dann seine Gegenwart. Irgendwo in der Schwärze der Nacht hing er und füllte den Raum; groß, schweigend und bedrohlich.

Sie war am Abend zu ihm unhöflich gewesen, hatte ihm den Rücken zugekehrt, und nun war er natürlich böse darüber.

Der liebe Gott war längst eingeschlafen und hatte sie mit ihm allein gelassen.

Sein Schweigen lähmte sie so sehr, daß sie sich nicht bewegen konnte. Es hatte keinen Sinn, nach der Großmutter zu rufen, die konnte wohl helfen bei bösen Träumen, Fieber und Bauchschmerzen, aber gegen diesen drohenden Gott war sie machtlos.

»Böse Menschen haben ihn für unsere Sünden ans Kreuz geschlagen«, hatte sie gesagt, und auf Marilis Frage, was Sünden seien, hatte sie geseufzt: »Das verstehst du noch nicht. Wenn du einmal groß bist, wirst du auch Sünden haben. Für alles Böse, was du einmal tun wirst, hängt er am Kreuz.«

Man konnte nur flüstern: »Sei nicht böse, weil ich dir den Rücken gezeigt hab', bis ich groß bin und viele Sünden habe, dann werd' ich dich immer anschauen beim Abendgebet. Nur jetzt laß mich wieder einschlafen, ich bin ja noch klein.«

Manchmal schien er es einzusehen und stieg in sein Bild zurück. Marili spürte es deutlich, sie konnte wieder leichter atmen. In manchen Nächten aber war er so beleidigt, daß er sich nicht bewegen ließ durch ihre Bitten; dann lag sie ganz still und fürchtete sich – solange man sich mit vier Jahren eben fürchten kann, ohne darüber einzuschlafen.

An diesem wie an allen vergangenen Wintermorgen war das Zimmer unfreundlich und kalt, und Marili wünschte, daß die Tür offenstünde wie in der Nacht. Wie immer nach dem Erwachen versuchte sie, den entflohenen Traum festzuhalten, aber niemals blieb etwas anderes zurück als ein verschwommenes Bild, der Klang eines Wortes oder ein sonderbares Gefühl in der Brust.

Vor dem Fenster schwebten noch immer die riesigen Schneeflocken. Marili wartete. Es war laut geworden im Erdgeschoß. Aus der Küche drang das blecherne Geräusch der Milcheimer, und dann hörte sie das Klappern von Rosas Schuhen auf dem Gang. Dann wurde es still: Rosa war aus den Schuhen geschlüpft und lief nun in dicken Wollstrümpfen die Stiege herauf.

Marili steckte den Kopf unter die Decke; von unterdrücktem Lachen geschüttelt, wartete sie darauf, Rosas kalte Hand auf ihren Füßen zu spüren. Sie schrie leise auf, als die

Kälte unter die Decke drang, und zog den Kopf des Mädchens mit beiden Armen zu sich nieder. Diese Rosa war ein wunderbares Geschöpf. Jeden Morgen stand sie um fünf Uhr auf und schien trotzdem immer frisch und ausgeschlafen zu sein. Ihr Gesicht unter den stramm aufgesteckten gelben Zöpfen glänzte vor Sauberkeit und Röte. Sie streckte die große rote Hand nach dem Kind aus und wickelte es in ein blaues Flanelltuch.

Trotzdem fröstelte Marili und drückte sich eng an das Mädchen.

»Lauf, Rosa, mir ist kalt.« Und Rosa rannte so ungestüm über den Gang, daß die Bretter unter ihren Füßen zitterten und das kleine Mädchen ganz durchgeschüttelt wurde.

Im Wohnzimmer wartete die Großmutter. Ihr braunes, bekümmertes Gesicht erhellte sich ein wenig, während sie Marili auf die Wange küßte und sie anzukleiden begann: das warme Unterleibchen, lange Strümpfe und das Barchentkleidchen. Niemand konnte das so gut wie die Großmutter; mit ihren langen, geduldigen Fingern ordnete sie Marilis feines Haar, niemals zerrte oder rupfte sie so ungeduldig wie Rosa, es schien, als würde sich das seidige Gespinst gerne unter ihren Händen glätten. Sie verstand es auch, das Kind so zu waschen, daß ihm nicht Tränen in die Augen stiegen und die Ohren wie Feuer brannten. Man wurde auf angenehme, schmerzlose Art sauber und frisch.

»So«, sagte die alte Frau, »und jetzt kannst du den Großvater holen.«

Marili rannte über den Gang und klopfte an die Türe des Arbeitszimmers, aber noch ehe das vertraute »Herein« ertönte, lief sie schon zum Schreibtisch und kletterte auf die Knie des alten Mannes.

Der Großvater roch nach Haarwasser, Zigarren und Holz, und jeden Morgen erregte dieser Geruch aufs neue Marilis Entzücken. Er fuhr ungeschickt mit der Hand über ihren Scheitel und verwirrte ihr Haar, aber sie hielt ganz still, obgleich sie wußte, daß sich Rosa sogleich wieder mit

Kamm und Bürste auf sie stürzen würde. Es war eine von Rosas unbegreiflichen Leidenschaften, und Marili hatte darunter zu leiden, denn es kam oft vor, daß der Großvater im Vorübergehen über den Kopf des kleinen Mädchens strich, mit seiner großen Hand, die doch unmöglich darauf achten konnte, daß jedes Haar glatt und richtig lag.

Jetzt legte er seine Zigarre vorsichtig auf den Rand des Aschenbechers und fragte: »Und was hast du heute geträumt, kleines Fräulein?«

»Von einer Ente«, erzählte Marili sofort; wer konnte wissen, vielleicht hatte sie wirklich von einer Ente geträumt, nun schien es ihr selber fast sicher zu sein.

»Sie ist im Brunnentrog geschwommen«, fuhr sie fort, »und sie hat grüne und rote Federn gehabt«, und nach einer kleinen Pause: »Und stell dir vor, einen goldenen Schnabel.« So, nun stand das Bild der Ente unverrückbar fest; wie schade, daß sie der Großvater nicht hatte sehen können. »So schön hat der goldene Schnabel in der Sonne geglitzert«, fabulierte sie weiter und blinzelte den Großvater an, um das Geglitzer zu verdeutlichen.

Und wie jeden Morgen war der alte Mann auch heute tief beeindruckt von den Träumen seiner Enkelin.

»Schade«, sagte er, »wie schade, daß ich sie nicht sehen konnte, deine Ente.«

»Sie hat sogar gesungen«, fuhr die Kleine, kühn geworden, fort, »beinahe wie ein Vogerl, nur viel schöner halt.«

Jetzt, wo es plötzlich so still war im Zimmer, glaubte Marili deutlich, ein zartes Schwirren zu vernehmen, die letzte Spur vom Entengesang.

»Ja«, bestätigte der Großvater, »das ist schon so, Traumenten singen immer, besonders wenn sie einen goldenen Schnabel haben.« Damit stand er auf und war nun plötzlich riesengroß. Seine Wangen leuchteten noch frisch und rosig, aber er war schon alt, man sah es an seinem weißen Haupt- und Barthaar. Außerdem hatte Marili einmal gehört, daß er schon die Schultern hängenlasse. Freilich konnte sie diese

Behauptung nicht recht überprüfen, aber es war auf jeden Fall bedauerlich wie eine leichte, lästige Krankheit.

Daß die Großmutter alt war, konnte jeder merken. Sie ging gebeugt mit ganz krummem Rücken, und ihr Gesicht war braun wie Leder, man konnte das Blut nicht durchleuchten sehen. Ihr Haar aber war noch blauschwarz und dicht, und das kam daher, daß sie es als junges Mädchen immer mit Schweinefett gebürstet hatte. Alle Leute bewunderten dieses schwarze, glänzende Haar, das an der kleinen alten Frau das Lebendigste war.

»Was nützen mir schon die schwarzen Zöpfe?« sagte die Großmutter dann und lächelte dazu, ein wenig geheimnisvoll, wie es dem Kind schien. Immer war die Großmutter traurig, auch wenn sie lächelte oder leise lachte.

»Großmutter, kannst du nicht fest und laut lachen?«

»Ich lache ja, mein Kind.«

»Aber nie so laut wie Rosa, lach doch einmal, bitte.« Dann verzog die alte Frau das Gesicht ein bißchen, und Marili schwieg betreten. Sie erinnerte sich plötzlich daran, daß die Großmutter traurig war, weil alle ihre Kinder gestorben waren. Das war eine dunkle Geschichte, die Rosa einmal im Kuhstall erzählt hatte. Es war besser, die Großmutter nicht daran zu erinnern.

Marili hockte, in Gedanken versunken, vor dem Herd. Der Großvater war wieder in seine Kanzlei gegangen. Eine schreckliche Dunkelheit breitete sich in ihrem Kopf aus.

»Großmutter«, sagte sie plötzlich, »wer bin ich denn eigentlich, wenn ich nicht dein Kind bin?«

»Du bist meine Enkelin«, sagte die alte Frau und strich ihre Schürze glatt. »Deine Mutter war meine Tochter, verstehst du das?« Darüber konnte man wieder eine Weile nachdenken. Das Wort »Mutter« hatte plötzlich eine neue, verwirrende Bedeutung.

»Erzähl mir was von meiner Mutter«, sagte sie langsam und ließ das frischentdeckte Wort auf den Lippen zergehen, um es auszukosten.

»Deine Mutter war viel braver als du«, seufzte die Großmutter, »ein ganz sanftes und liebes kleines Mädchen war sie, nie wild und ausgelassen. Du bist eben mehr nach deinem Großvater geraten und hast auch seine blauen Augen.«

»Ist denn der Großvater nicht brav?«

»Siehst du«, die alte Frau lächelte schelmisch, »so hätte deine Mutter nie gefragt. Natürlich ist der Großvater brav, aber er ist ein Mann, der darf ganz anders sein als ein kleines Mädchen.« Wie gesprächig heut die Großmutter war! »Es waren auch vier Buben da«, fuhr sie fort, »drei von ihnen sind im Krieg gefallen, und der kleine Max ist mit fünf Jahren an der Bräune gestorben.«

»Großmutter, was ist die Bräune?«

Aber die Großmutter antwortete nicht; sie starrte ins Herdfeuer, und ihre Gestalt auf dem Schemel schien ganz winzig und eingesunken.

Plötzlich glaubte Marili alles zu verstehen; es war also nichts zu machen gegen die Traurigkeit der Großmutter.

»Ich werd' schon auch so brav werden wie meine Mutter«, sagte sie beklommen, »vielleicht wirst du dann lustiger.«

Sachte streichelten die gelben Finger ihre Wangen. »Das Traurigsein, Marili, wird erst aufhören, wenn ich sterbe.«

»Freust du dich schon sehr darauf?«

»Freilich«, sagte die alte Frau und sah ein wenig munterer aus, »aber zuerst muß noch der Großvater sterben, weißt du.« Das war einzusehen; ja, der Großvater mußte zuerst versorgt werden, was wäre er denn ohne die kleine alte Frau, mit der er abends, im Bett, lange geflüsterte Gespräche führt?

Plötzlich stieg Marili eine heiße Welle ins Gesicht.

»Großmutter, was geschieht denn dann mit mir?«

»Du?« Die schmalen braunen Augen leuchteten auf. »Du mußt halt noch ein paar Jahre warten, dann kommst du uns nach, und wir sind wieder alle beisammen.«

»Wie gut«, dachte das Kind, »wie gut, daß alles so schön in Ordnung ist.« Man konnte jetzt aufhören, davon zu reden. Die Großmutter schien ohnedies schon wieder die Gegenwart des kleinen Mädchens zu vergessen. Marili schlüpfte aus der Küche und lief die Stiege hinauf ins Schlafzimmer.

Dort hing ein Bild ihrer Mutter. Sie hatte es natürlich jeden Tag gesehen, aber es gab nichts Wichtigeres für sie, als es sofort und ganz genau anzusehen.

Diese Mutter sah ganz anders aus als die Mütter der Dorfkinder, fast wie ein Schulmädchen. Sie trug auch eine große schwarze Masche im Haar. Ihr Gesicht schien so unsagbar brav und sanft, daß Marili sich tief beschämt fühlte. Sie hob sich auf die Zehenspitzen, um das Bild berühren zu können. Die Kälte des Glases erschreckte sie und ließ sie rasch die Hand zurückziehen. Sich umwendend, sah sie die lilafarbene Decke auf den Ehebetten und die kleine Statue des heiligen Antonius auf dem Nachtkästchen der Großmutter.

Es war alles, wie es immer gewesen war; aber daß die Mutter sich so kalt anfaßte, veränderte den ganzen Raum. Langsam ging Marili zur Tür und fühlte die Augen des Bildes, diese sanften, weit geöffneten Augen, im Nacken. Als sie die Schnalle zudrückte, hörte sie ihr Herz laut pochen und legte erstaunt die Hand auf die Brust. Irgend etwas war durcheinandergeraten – es war wohl am besten, zu Rosa in den Stall zu flüchten, dann würde es wieder in Ordnung kommen.

Sie atmete tief, als sie den Geruch der Kühe und des Heus spürte.

Hier war alles friedlich und ohne Rätsel. Man konnte nicht immer traurig sein. Viel zu lange dauerte diese Traurigkeit schon an. Sie saß auf der Bank und ließ die Beine baumeln. Rund und sauber standen die Kühe, und dazwischen Rosa, selbst so blühend und blankgestriegelt wie eine von ihnen.

Das kleine Mädchen fühlte eine glückliche Wärme im

Leib: Nichts war zu hören als das Kauen der Tiere und das dünne Geräusch der Milchstrahlen, die in den Eimer spritzten. Hier konnte man sich fast ebenso sicher fühlen wie auf dem Arm des Großvaters.

Und immer noch fiel Schnee vom Himmel. Vom Stall zum Wohnhaus hatte Kajetan, der Knecht, einen Gang geschaufelt, dort standen die Schneemauern so hoch, daß Marili ihr Ende nicht einmal mit den ausgestreckten Händen erreichen konnte.

Rosa mußte sie auf den Arm nehmen, und die Aussicht war ein wenig enttäuschend – wieder nichts als Schnee. Die großen Sträucher am Gartenzaun waren mit riesigen Schneehauben zugedeckt, und vom Apfelbaum war ein Ast abgebrochen. Marili fühlte sich bedrückt von dieser lastenden weißen Masse, aber Rosa lachte, daß man ihren roten Gaumen sehen konnte. Für sie war es ganz gleich, ob es schneite, regnete oder die Sonne schien. Nichts konnte ihr etwas anhaben, sie trug einen Panzer von Jugend und Gesundheit. Marili freute sich, wenn Rosa lachte, und wünschte sich heftig, einmal ebenso laut lachen zu können, steife gelbe Haare und rote Wangen zu bekommen wie das große Mädchen. Dabei wußte sie ganz genau, daß sie niemals so aussehen würde, und dieses Wissen erfüllte sie mit leisem Bedauern.

»Du riechst nach Stall«, sagte die Großmutter, und das kleine Mädchen lief, sich zu waschen, bis sie nur noch nach Brunnenwasser und Speikseife roch.

Der Großvater saß schon an seinem Platz und zwinkerte Marili zu. Sie schlüpfte schnell an seine Seite und nippte an seinem Weinglas.

»Kinder, die Wein trinken, können dumm werden«, warnte die alte Frau, aber der Großvater meinte dazu, er habe Wein getrunken, solange er auf der Welt sei, und sei auch nicht dümmer als andere Leute. Da mußte sogar die Großmutter lachen, und ihre braunen Augen leuchteten auf. Es sah aus, als wolle sie etwas sagen und habe es sich im letzten Augenblick überlegt. Der Großvater schmunzelte in den Bart, und das Ganze schien wieder einmal eines jener Geheimnisse zu sein, die die Großeltern mitsammen hatten und die Marili nie ergründen konnte. Ja, manchmal lachten die alten Leute einander zu und unterhielten sich in der Augensprache. Marili fühlte sich dann ausgeschlossen und allein. Dann war es gut, bei Rosa Zuflucht zu suchen, bei der es keine Geheimnisse gab, nichts, was nicht jedes Kind hätte begreifen können.

Kajetan hingegen war ein wenig absonderlich. Man konnte stundenlang auf ihn einreden, ohne eine Antwort zu bekommen, denn er war fast taub. Rosa und der Großvater pflegten mit ihm zu schreien, daß die Wände zitterten, und doch verstand er meist nichts oder falsch. Nur die Großmutter mit ihrer dunklen, ruhigen Stimme konnte sich mühelos mit ihm unterhalten.

»Kajetan«, sagte sie, »schau, ich habe fast kein Holz mehr«. Dann nickte der Knecht und trug ein paar Körbe voll Scheiter hinter den Herd und schlichtete sie ordentlich zu einem Stoß.

»Braver Kajetan«, lobte dann die Großmutter, und der Knecht verzog sein breites graues Gesicht zu einem glücklichen Grinsen. »Er hört mich mit dem Herzen«, hatte die Großmutter Marili erklärt, und daran mußte die Kleine immer denken, wenn er in die Stube trat. Kein Mensch hätte gedacht, daß dieser Kajetan etwas Besonderes war. Er war alt, sein Kopf kahl, und er besaß keinen einzigen Zahn; außerdem roch sein Rock scharf und sauer. Aber trotzdem konnte er mit dem Herzen hören, darüber vergaß Marili beinahe ihre Suppe.

Der Großvater mußte nachhelfen, Löffel für Löffel schob er in ihren Mund, einen für Hansel, einen für Gretel, sieben für die sieben Zwerge und einen für das Rumpelstilzchen, obwohl es ihn ja eigentlich nicht verdient hatte, und endlich einen Löffel für die Traumente mit dem goldenen Schnabel.

Eine langweilige Sache war das Essen, ohne Großvaters Hilfe wäre es gar nicht gegangen.

»Das hat sie von der Lisl«, pflegte sie der alte Mann zu entschuldigen, und die Großmutter seufzte und bekam trübe Augen. Plötzlich kam es wie eine Erleuchtung über Marili. Lisl konnte nur ihre Mutter gewesen sein. Jetzt glaubte sie, eine doppelte Müdigkeit zu spüren. Voll von geheimem Einverständnis dachte sie an das kleine Mädchen, das vor ihr auf diesem Platz gesessen war und auch keine Suppe hatte essen wollen.

Später räumte Rosa den Tisch ab; die Großmutter schüttelte das Tischtuch vor dem Herd und faltete es glatt zusammen. Dann schob sie den Großvater, der sich in den Lehnstuhl zum Ofen gesetzt hatte, ein gesticktes Kissen unter den Kopf. Marili kletterte auf seinen Leib und rollte sich zusammen.

»Erzähl weiter, Großvater.«

»Wo sind wir denn stehengeblieben? Ach ja, ich erinnere mich, beim Nashorn. Also, das Nashorn rannte wütend im Kreis herum und schnaubte fürchterlich durch die Nase...«

»Wie denn, Großvater, wie laut denn?« Es war unfaßbar, wie laut der Großvater schnauben konnte, er röchelte und schnalzte, daß die Großmutter erschrocken in die Küche flüchtete, und die Türe zuzog. Marili verkroch sich unter seiner Weste und bettelte entzückt: »Noch einmal, Großvater...« Es war unglaublich, was er alles erlebt hatte. Seine Geschichten waren alle ein wenig ungereimt und maßlos; er berichtete von Kämpfen mit Drachen, Nashörnern, Elchen und Krokodilen, die natürlich letzten Endes immer den kürzeren gezogen hatten. Auch den schrecklichen Termitenkrieg hatte er miterlebt und war daraus als Sieger hervorgegangen; es war dies sein gefährlichstes Heldenstück gewesen, und er zog es bei weitem vor, gegen riesige Salamander oder wilde Elefanten zu kämpfen als gegen diese kleinen, bissigen Teufel.

Manchmal, wenn er besonders schläfrig war und ihn, wie er sagte, die Erinnerung an jene kriegerischen Zeiten zu sehr aufgeregt hätte, begnügte er sich damit, Bruchstücke aus dem Alten Testament zum besten zu geben, wobei Marili an einer gewissen Stelle stets die Fassung verlor und in Tränen ausbrach, aus Mitleid mit dem ungeschickten, riesigen Goliath.

Der Großvater lachte und weinte mit seinen Helden, brüllte wie ein Stier oder trompetete wie die wilden Elefanten, und Marili lauschte mit aufgerissenen Augen und klopfendem Herzen.

Heute endete seine Erzählung, ein wenig plötzlich, damit, daß sich der Held, ermüdet von der Nashornjagd, unter einen Baum legte und einschlief. »Und er schnarchte so laut, daß alle Blätter zitterten – ungefähr so: chrrr chrrr chrrr ...« Marili wartete geduldig. Die Bäume hörten auf zu zittern, und das Schnarchen wurde leise – der Großvater war eingeschlafen, sein Atem strich gleichmäßig über ihre Stirn.

Der Ofen strömte eine sengende Hitze aus, aber das war es gerade, was der alte Mann liebte. Er hatte seinen Rock und die Wollweste an, und sein Gesicht glühte. Marili bekam einen schweren Kopf; auf und nieder gewiegt von den Atemzügen des Großvaters, schaukelte sie in den Schlaf.

Als sie erwachte, sah sie die Großmutter im Zimmer auf und ab gehen, ein gebeugter kleiner Schatten in blauen Barchentröcken. Einmal blieb sie stehen und sah lange und unbeweglich zum Fenster hinaus; was gab es dort schon zu sehen, doch nur Schnee und wieder Schnee?

Aber die Großmutter schien noch etwas anderes zu erblicken, sie lächelte so sonderbar, daß Marili vorsichtig von Großvaters Leib kletterte und zu ihr lief.

»Großmutter, was siehst du denn da draußen?« Die alte Frau hob den Zeigefinger. »Siehst du den Birnbaum dort hinten? Er war schon alt, als deine Mutter geboren wurde.« Marili stieg auf das Fensterbrett und drückte ihr heißes Gesicht gegen die Scheibe.

»Auf diesem Birnbaum«, fuhr die Großmutter fort, »ist

der kleine Max immer gesessen, es war der einzige Baum, der die Äste so tief angesetzt hat, daß er sie erreichen konnte. Jeden Tag, den ganzen Sommer lang, ist er mit zerrissenen Hosen heimgekommen, und ich habe das Haus voll Gäste gehabt und viel zuwenig Zeit für die Kinder. Er war so ein lustiger kleiner Kerl und dem Großvater wie aus dem Gesicht geschnitten. Du hast auch so blaue Augen, aber dunkler, nicht so strahlend wie der Maxi. Ja, und eines Tages ist mir die Geduld ausgegangen, und ich hab' ihn hier im Zimmer eingesperrt. Auf dem Fensterbrett ist er gekniet, das kleine Gesicht an das Glas gepreßt – und es war ein so herrlicher Nachmittag.«

Die alte Frau seufzte tief. »Siehst du, Marili, und das tut mir noch immer leid. Er hätte den Sonnenschein so nötig gebraucht – denn ein Jahr später war er schon tot. Immer wenn ich seither den Birnbaum seh', spür' ich die Reue über meine Ungeduld. So viele zerrissene Hosen hab' ich in meinem Leben geflickt, es wäre auf diese eine nicht angekommen.«

»Großmutter, wie weh tut denn die Reue?«

»Sehr weh, Marili, ärger als Kopfweh oder Zahnweh, überhaupt ärger als jedes Weh, das du kennst.«

»Ärger als ein gequetschter Finger?«

»Viel ärger.«

»Warum schreist du dann nicht, Großmutter?«

»Weil alte Leute nicht mehr schreien dürfen. So, und jetzt steig herunter vom Fensterbrett und geh ein wenig spielen.«

Marili hätte gerne mehr über die Reue gehört, das Wort hatte etwas Dunkles und Geheimnisvolles an sich, aber sie wußte, daß es keinen Zweck hatte, die Großmutter zu quälen. Man konnte sie nicht zwingen, ganz anders als beim Großvater, der nicht »nein« sagen konnte und immer wieder ein Stückchen draufgab.

»Spiel mit deinen Puppen.«

Aber Marili hatte keine Lust, mit Puppen zu spielen. Sie

schlich in die Küche und machte sich hinter dem Herd zu schaffen. Man konnte aus Holzscheitern ein Haus bauen, ein großes Haus mit vielen Zimmern, einer Dachkammer und einem großen Stall.

Aus einer alten Zeitung drehte sie kleine Würstchen, das waren die Großeltern, Rosa, Kajetan und Marili. In der Dachstube aber wohnten die fünf verstorbenen Kinder. So war alles in Ordnung, und alle waren beisammen, die zusammengehörten. Wenn die Großmutter einmal traurig war, brauchte sie nur über die Stiege zu gehen und konnte schon mit ihren Kindern reden.

Sie band einem der fünf Papierröllchen einen roten Faden um die Mitte, das war die Lisl-Mutter, man mußte sie von den anderen unterscheiden.

Marili bewegte die Lippen und murmelte mit ihren Geschöpfen, sie hatte längst vergessen, daß sie hinter dem Herd saß und mit Holzscheitern spielte. Ihr Haar stand verwirrt von den Schläfen ab, und die Ohren glühten vor Eifer.

So, nun galt es noch, eine braune Kuh zu erschaffen, vielleicht auch eine gefleckte, und ein paar fette Schweinchen und Hühner.

Pluto, der große braune Vorstehhund, kam langsam aus seiner Ecke und begutachtete das Bauwerk, dann legte er sich wieder hin, die Schnauze auf Marilis Knien, und schnaufte mit halbgeschlossenen Augen vor sich hin.

Wenn so viel Schnee lag, daß man nicht jagen konnte, verschlief er Tage und Nächte in der Küche oder unter Großvaters Schreibtisch. Er sog den Schlaf in sich wie ein Schwamm, und sein Fell, das im Herbst rauh und struppig gewesen war, wurde wieder dicht und glänzend. Auch seine Flanken rundeten sich zusehends, und der Großvater, der erwacht war und auf der Schwelle stand, sagte nachdenklich: »Du wirst zu fett, mein Lieber, ich glaube, du brauchst Bewegung.«

Er zog seine hohen Schnürschuhe an und ließ sich von Rosa in den Überrock helfen. Pluto schien plötzlich zu erwachen und wedelte so heftig, daß Marilis Papierkinder aufgeregt zu tanzen begannen. Die Kleine vergaß ihr Spiel. »Nimm mich auch mit!« bettelte sie.

Der Großvater sah verlegen um sich. »Es ist zuviel Schnee, Marili«, wehrte er schwach ab.

»Aber die Straße ist ganz glatt«, warf das Kind schlagfertig ein. Dagegen gab es nichts zu sagen, den ganzen Tag fuhren die Bauern mit ihren Pferde- und Ochsengespannen vorüber und schleppten das Holz ab. Der Großvater stöhnte noch ein wenig, aber da er einsah, daß er dieser winzigen Enkeltochter doch nichts abschlagen konnte, befahl er Rosa, das Kind anzuziehen.

Die Großmutter rief noch aus dem Zimmer: »Gib acht, Marili, zieh die Luft nicht durch den Mund ein«, aber da stand die Kleine schon vor der Tür.

Die Straße war wirklich sehr glatt von den Schlittenkufen, und Marili mußte sich ganz fest an die Hand des alten Mannes klammern. Es war eine mühsame Wanderung, aber trotzdem war es schön und aufregend. Pluto sprang mit allen vier Beinen zugleich in die Luft, und seine langen Ohren flogen im Wind.

»Er ist verrückt wie ein Kalb«, sagte der Großvater, und das hätte er besser nicht gesagt, denn Marili fühlte sich sogleich dazu bewegt, sich auch in ein Kalb zu verwandeln. Sie ließ die rettende Hand los und rannte hinter dem bellenden Hund her, bis sie ausglitt und lang hinfiel.

Beide wälzten sich im Schnee, und der Großvater sah nichts als ein Knäuel von Hunde- und Kinderbeinen.

»Na, nur nicht gar so wild«, mahnte er und schlug den Schnee von Marilis Mantel. »Und du, alter Narr, könntest auch vernünftiger sein.« Der gute Hund senkte betreten die Schnauze. Marili aber war nicht zu beruhigen. Es fiel ihr nicht mehr ein, die Luft durch die Nase einzuziehen, o nein, sie lachte und schrie mit weit aufgerissenem Mund.

»Du hast einen Luftrausch, Hexe«, sagte der Großvater, »warte nur, die Großmutter wird böse werden.«

Marili wußte, daß die Großmutter nie böse wurde, sie konnte gar nicht schelten, nur mahnen und, wenn auch das nichts nützte, traurig schauen. Das war nicht auszuhalten; manchmal dachte Marili sich kleine Lügengeschichten aus, um sie zum Lachen zu bringen. Es bestand ein geheimes Einvernehmen zwischen ihr und dem Großvater, und sie freuten sich beide kindisch, wenn es ihnen gelang, in den braunen Augen der alten Frau jenes schelmische Licht zu entzünden, das sie alle entzückte.

»Ihr seid zwei Lügenkittel«, stellte die Großmutter fest, und da der Großvater darüber lachte, fand es Marili sehr erstrebenswert, ein Lügenkittel zu sein.

Es war schon fast dunkel und hatte wieder zu schneien begonnen, als die drei nach Hause kamen. Die Petroleumlampe war schon angezündet und warf ihren gelben Schein auf das Tischtuch. Rosa nähte an einem Hemd, und die Großmutter strickte an einer Weste für den Großvater. Jedes Jahr bekam er eine neue Wollweste, er besaß schon eine ganze Lade voll davon, und noch immer schienen es nicht genug zu sein.

Heuer wurde es eine grüne Weste mit grauen Streifen. Es war ein mühsames Muster, und die Großmutter mußte dabei zählen. Manchmal hörte sie auf Marilis Geplapper, vergaß die Zahl und mußte von vorne beginnen.

»Nie«, dachte Marili, »will ich grüne Westen stricken. Ich möchte überhaupt lieber ein Mann werden und so laut reden wie der Großvater; auch einen weißen Bart möchte ich einmal bekommen.« Aber das waren Wünsche, an deren Erfüllung sie selber nicht recht glaubte. Im tiefsten Herzen wußte sie sicher, daß sie niemals einen Bart haben würde wie der Großvater – niemals. Es hatte keinen Sinn, sich darüber zu kränken.

Später kam Kajetan aus dem Stall und brachte jenen Geruch mit sich, der die Großmutter immer leise seufzen ließ. Kajetan wusch sich ja lange in der Waschküche, aber er roch trotzdem sehr sonderbar.

Plötzlich war Marili müde. Ihre Wangen brannten von der Schneeluft, und in ihren Lippen pochte es, das war wohl ihr Blut. Schläfrig ließ sie sich vom Großvater füttern. Wenn sie unter den Tisch sah, erblickte sie seine großen Schuhe, in grauen Wasserlachen stehend.

Alle mußten im Hause die Schuhe ausziehen, nur der Großvater durfte hinsteigen, wo er wollte, sogar auf den Teppich im Schlafzimmer. Er durfte die Zigarrenasche auf den Boden streuen, und wenn man es genau betrachtete, brachte er immer ein wenig Unordnung mit sich. Und das alles durfte er, weil er »der Herr« war.

Immer größer wurden die Lachen auf dem Boden, und immer noch klebte Schnee auf den großen Schuhen.

Die Großmutter reichte Kajetan ein Stück Fleisch über den Tisch, und er lachte mit hochgezogenen Lippen dankbar zurück. Kajetan hätte wohl alles getan, was die Großmutter wünschte. Niemand hatte das Marili gesagt, sie wußte es plötzlich.

»Großmutter«, murmelte sie verschlafen und kroch auf ihren Schoß. Sie lehnte das Gesicht gegen die eingefallene Brust der alten Frau und begann zu schlafen.

Noch einmal erwachte sie, als sich die Großmutter mit einer Kerze über ihr Bett beugte und die Decke zurechtzog. Wie uralt ihr Gesicht war, gelb und braun – die Augen, in denen sich das Kerzenlicht spiegelte, waren bestimmt schon tausend Jahre alt. Marili wollte ihre Hand auf dieses alte Gesicht legen, aber sie war zu matt. Sie fühlte den Hauch der Großmutter auf der Wange, dann war es dunkel im Zimmer.

»Lieber Gott«, dachte sie, »laß niemand traurig sein und nimm die Reue fort, aber bestimmt, bitte.«

Irgendwoher kam ein fernes Brummen, der liebe Gott war wohl auch schon fast eingeschlafen.

Und immer noch schwebten vor dem Fenster riesige Schneeflocken.

Eines Tages lag ein kleines gelbes Viereck auf dem Küchenboden.

Die Großmutter ging vom Herd zum Tisch, und das Fleckchen zitterte auf ihrem schwarzen Schuh. Marili hob den Blick vom Boden und sah mit Staunen ein leuchtendes Gitter auf dem Fensterbrett und einen Strahl leuchtendgelber Stäubchen.

Als die Großmutter wieder zurücktrat, blitzte ein goldener Funke in ihren Augen auf.

»Die Sonne ist da, Marili«, sagte sie. »Siehst du, und du wolltest mir nicht glauben, daß sie kommen wird. Hörst du, wie das Wasser vom Dach tropft?«

Eine ungewisse Erinnerung begann in Marili zu erwachen; sie hatte etwas mit ihren nackten Armen und Beinen zu tun, wurde aber nicht deutlich. Sie folgte dem Sonnenstrahl mit den Augen, bis er hinter den Spitzen der hohen Fichten verschwand, dort war der Himmel so strahlend weiß, daß sie die Augen schließen mußte.

»Jeden Tag«, sagte die Großmutter, »wird sie jetzt ein wenig länger bleiben, bis es wirklich Frühling wird.«

»Freust du dich, Großmutter?«

»Freilich, Marili. Seit vierzig Jahren warte ich jeden Februar auf sie. Weißt du, ich stamme aus einer Gegend, in der es keine Berge gibt, nur sanfte Hügel, und dort scheint das ganze Jahr die Sonne.«

»Magst du die Berge nicht, Großmutter?«

Die alte Frau zögerte ein wenig. »Nein, eigentlich nicht, sie sind hier viel zu nahe und drücken mich.«

Marili versuchte sich ein Land vorzustellen, in dem es nur Hügel gab, aber immer wieder schob sich der Schatten eines Berges dazwischen, und sie gab endlich seufzend nach. Sogleich füllte sie das Bild mit Wäldern und steilen Wiesen, über denen man ein Stückchen blauen Himmels sah.

Und so war es auch gut. Was kümmerten sie die fremden flachen Hügel. Sie wollte wissen, ob dort alle Leute schwarzes Haar und braune Augen hatten und ob sie alle so klein und bucklig waren wie die Großmutter, aber sie kam nicht dazu, danach zu fragen, denn plötzlich stürmte Pluto in die Küche und sprang der alten Frau mit den Pfoten gegen die Brust. Er schüttelte sich, ein Sprühregen stäubte aus seinem Fell, und er schien außerordentlich vergnügt und abenteuerlustig zu sein.

»Geh fort, du Wildling!« rief die Großmutter und trocknete die Spuren seiner nassen Pfoten von ihrer Schürze. Sie hatte sich längst mit dieser Unart des Hundes abgefunden und nahm sie hin wie etwas Unvermeidliches. Wie immer, mußte Marili über den großen Tolpatsch lachen. Er hatte den Kopf gehoben, und das Sonnenfleckchen stand genau auf seiner rehbraunen Stirn.

Seine Augen hatten im Licht dieselbe Farbe wie Großmutters Augen. Marili streichelte sein nasses Fell und flüsterte: »Braver Pluto, schöner Pluto.«

»Heute«, sagte die Großmutter nachdenklich, »wollen wir ein Sonnenfest machen.« Ein wenig Übermut schwang in ihrer Stimme mit: »Wünsch dir was, Marili, heute bekommst du es.« Darüber brauchte man nicht lange nachzudenken.

»Eiermost und Rosinen.« Wie glücklich die Großmutter war über das gelbe Fleckchen Sonne auf dem Boden, es war nicht ganz zu verstehen, aber Marili fühlte bei der Freude der alten Frau eine leise, prickelnde Erwartung in der Brust. Gespannt beobachtete sie, wie Eier, Most und Zucker so lange gesprudelt wurden, bis das Getränk in einem duftenden gelben Schaum über den Rand des Kruges floß.

Dann holte die Großmutter Gläser und legte ein Häufchen Rosinen vor Marili auf das Tischtuch.

Das Kind hob die Hand und fuhr vorsichtig über das alte braune Gesicht der Frau. Die Großmutter stellte den Krug hin und sah Marili an. Ihr Blick kam aus einem dunkelgoldigen Abgrund, und Marili schloß erschrocken die Augen. Dann fühlte sie den rauhen Mund der Großmutter in ihrer Handfläche. Als sie die Augen wieder zu öffnen wagte, war alles wie immer. Die Großmutter zeigte ihr vertrautes, stilles Gesicht voll verborgener Trauer, und nichts war zurückgeblieben als das Gefühl einer sanften Wärme in Marilis Handmuschel. Sie wußte nicht, ob etwas Lustiges oder etwas Trauriges geschehen war, und blickte ein wenig unsicher auf Pluto, der sich erhoben und den großen Kopf auf ihre Knie gelegt hatte. Diese Berührung war angenehm und beruhigend, und das kleine Mädchen erinnerte sich aufatmend des süßen Rosinenberges vor ihrem Glas.

Und dann kam auch Kajetan in die Küche. Er tappte zum Herd, stieg aus den Holzpantoffeln und stellte sie zum Trocknen auf ein Scheit, das vor dem Ofen lag. Plötzlich fiel sein Blick auf den Mostkrug, und er blieb mit vorgestrecktem Gesicht, ein unschlüssiges Lächeln um den Mund, stehen und bewegte sich nicht.

»Komm nur, Kajetan«, sagte die Großmutter und nahm ein drittes Glas aus dem Schrank. »Wir feiern gerade ein großes Fest.« Der Knecht rückte mit einem glücklichen Grinsen in die Ecke und senkte den großen Kopf über sein Glas. Dann mußte er mit der Großmutter und Marili anstoßen. Pluto sprang neugierig mit den Vorderpfoten auf die Stuhllehne, als er den hellen Klang vernahm.

»Schade«, sagte Marili, »schade, daß er keinen Most mag.« Aber die Großmutter wußte Rat, sie hatte noch irgendwo ein Stück Kuchen aufgehoben und reichte es Pluto hin, der es vorsichtig und verständig aus ihrer Hand nahm.

Marili leckte den gelben Schaum von den Lippen. Alles war in bester Ordnung, auch Pluto hatte sein Teil erhalten, und man konnte sich beruhigt der großen Süßigkeit hingeben. Sie sah das Gesicht Kajetans und lachte ihm zu. Er dankte mit einem breiten Grinsen und schob die verhornte Hand mit den schwarzen Nägeln über den Tisch; aber plötzlich, als werde er sich ihrer Häßlichkeit bewußt, stockte er und zog sie langsam wieder zurück. Das Lächeln auf seinem Gesicht war erloschen, und er sah jetzt sehr einfältig und gewöhnlich aus.

Irgend etwas bewegte sich in Marilis Brust und wollte heraus. Sie glitt vom Sessel und kletterte auf die Bank, bis sie Kajetans Gesicht mit ihrer Wange erreichen konnte.

Sein Rock roch nach Schweiß und Tabak, aber sie achtete nicht darauf, dieser Geruch gehörte zu Kajetan wie seine Hand oder sein Fuß, und wenn man ihn gern hatte, mußte man das in Kauf nehmen.

Als sie wieder auf ihrem Platz saß, fühlte sie die Augen der Großmutter auf sich gerichtet. Verlegen schob sie ein paar Rosinen in den Mund und spürte, wie die Hitze in ihre Ohren stieg.

Kajetan saß in seiner Ecke, einen verzückten Ausdruck auf dem grauen Gesicht, endlich fuhr er vorsichtig mit der Hand über die stoppelige Wange.

»Jetzt soll halt die Frau singen«, sagte er, und man konnte ihn sehr schlecht verstehen, weil er keinen Zahn mehr im Mund hatte.

»Aber Kajetan«, meinte die Großmutter, »das ist doch längst vorbei. Ich kann nicht mehr singen, und du kannst mich nicht mehr hören.« Aber dann sang sie doch.

»Kuckuck, Kuckuck, ruft's aus dem Wald ...«

Kajetan sah starr auf ihre Lippen und nickte bei jedem Wort mit dem Kopf, auch Pluto sah erstaunt und unverwandt zu seiner Herrin auf.

»Lasset uns singen, tanzen und springen«, sang die alte Frau, und da spürte Marili plötzlich einen lang vergessenen Duft, den Duft der blühenden Wiese, die einmal grün und rauschend über ihrem Kopf zusammengeschlagen war. Und diese Erinnerung erfüllte sie mit brennendem Entzücken.

Sie sah den blauen Himmel durch die Wolken leuchten und hoch über dem Wald jenen gleißendhellen Fleck, wo sich die Sonne verborgen hielt.

Die Großmutter war verstummt. Ihre Hände lagen auf dem dunklen Tisch und bewegten sich nicht. Es war so still in der Küche, daß man das Wasser auf dem Herd leise zischen und brodeln hörte.

»Was hast du, Marili?«

»Die Kröte«, schluchzte das Kind, »die Kröte war wieder da.«

Die Großmutter schüttelte den Kopf und seufzte.

»Wo ist sie hingegangen, Großmutter?«

»Du hast geträumt, du wirst sie vergessen.«

»Wann, Großmutter, wann?«

»Bald, vielleicht schon morgen oder nächste Woche, aber ganz bestimmt in einem Jahr.«

So deutlich standen die Bilder vor Marilis Augen. Sie sah wieder jene kleine Höhle am Wegrand und die fetten Salatblätter, die sie selbst hineingeschoben hatte, ein Krötenfrühstück.

Die Kröte sitzt aufgebläht in der Dämmerung ihres Hauses und blickt aus halbgeöffneten Augen auf das Kind. Ihre gelbe Kehle bewegt sich auf und nieder. Marili streichelt den grauen Rücken und redet mütterlich auf sie ein.

»Friß jetzt und dann schlaf ein bißchen.« Die Kröte – sie hört auf keinen besonderen Namen – senkt den Kopf ein wenig und streckt einen Fuß vor. Marili ist gerührt – was für ein gutes, folgsames Tier!

»Du Brave!« sagt sie zärtlich und richtet sich von den Knien auf. Man muß die Tiere ungestört fressen lassen, sie lassen sich nicht gern dabei anstarren. Die Kröte pflegt später zum Ausguß zu hüpfen, dort sucht sie sich ihre Mahlzeit zusammen, ein paar Nudeln, kleine Fleischstückchen und Semmelreste, was sich eben im Ausguß ansammelt. Es kann einen nicht wundern, daß sie so schön fett wird dabei. Wenn sie Glück hat, kann sie hundert Jahre alt werden, hundert Jahre sind eine entsetzlich lange Zeit.

Plötzlich verändert sich die Wiese. Der Himmel verfinstert sich, und Marili weiß das Furchtbare.

Die Kröte sitzt nicht in ihrer Höhle, sie liegt im Ausguß und ist tot. Rosa hat sie mit kochendem Wasser verbrüht. Ein würgender Schmerz steigt in Marilis Kehle hoch und bricht in spitzen, gellenden Schreien aus ihrem Mund.

Aber da hatte sie die Großmutter sacht wachgerüttelt und an ihre Brust gedrückt.

Längst war die alte Frau wieder zu Bett gegangen, und das Zimmer lag still und dunkel. Marili dachte angestrengt nach. Wo war die Kröte jetzt – sie hatte sie doch so deutlich gesehen. Noch immer saß der Druck in ihrer Kehle, und sie schluchzte leise auf.

Wieso wurde die Kröte nachts lebendig und besuchte sie im Bett? Und weshalb war alles nicht wahr gewesen, als die Großmutter sie in den Armen gehalten hatte?

Sosehr man auch darüber nachdachte, es war nicht zu begreifen. Rosa hatte einmal gesagt: »Träume sind Schäume«, aber Marili wußte nicht, was »Schäume« waren, und brachte es auch nicht fertig, danach zu fragen.

»Schäume«, sagte sie leise in die Dunkelheit. Sie wußte, daß sie nicht fragen würde, sie schämte sich zu sehr, das Wort klang zu fremd und absonderlich. Einmal werd' ich es schon erfahren, überlegte sie. Immer war es so: Plötzlich war das Wissen da, und man konnte sich nicht vorstellen, es noch vor einer Minute nicht gewußt zu haben. Wie immer, wenn sie nachgedacht hatte, wurde sie auf einmal sehr müde; sie wollte sich noch zur Wand drehen, aber da war sie schon eingeschlafen.

Am Morgen schien die Sonne.

Immer schien jetzt die Sonne, Marili konnte nicht glauben, daß es einmal geregnet oder geschneit hatte. Es gab jetzt nichts als Sonne, und sie erfüllte das Zimmer bis in den letzten Winkel mit ihrem gelben Licht.

Marili sprang aus dem Bett und lief zum Fenster. Der Apfelbaum im Hof glänzte feucht und goldgrün, dahinter lag die tauglitzernde Wiese.

Sie drückte mit beiden Händen die Klinke nieder und lief barfuß und im Hemd die Stiege hinunter. Das war ungehörig, schien aber nur ein kleines Vergehen zu sein, denn es wurde nie ernstlich gerügt. Unter der offenen Haustür stand Pluto und betrachtete die Sonne, die gerade über das Dach des Lusthauses gestiegen war. Sein Fell schimmerte rötlich, und Marili fand, daß Pluto der schönste Hund sei, den man sich denken konnte. Er wandte würdevoll den Kopf und tupfte sie sanft mit der Nase gegen die Brust. Das war seine Begrüßung; Marili küßte ihn dafür zwischen die Augen, was er geduldig über sich ergehen ließ.

Da kam der Großvater über den Hof geschritten und nahm Marili auf den Arm. »Schon wieder«, sagte er mißbilligend, »läufst du herum wie ein nackter, gerupfter Spatz.« Er schien aber gut gelaunt zu sein; immer wenn die Sonne schien, war er fröhlich und zu Scherzen geneigt. Bei Regenwetter saß er manchmal halbe Tage in seinem Zimmer, rauchte unzählige Zigarren und arbeitete gar nichts. Seine blauen Augen hatten dann einen abwesenden Ausdruck.

»Wenn es regnet, denkt der Herr an die Kinder«, hatte die Großmutter zu Rosa gesagt, und beide hatten daraufhin geseufzt. Die Großmutter leise und ergeben und Rosa wild und geräuschvoll durch die Nase.

»Besonders an den Stefan«, war die alte Frau fortgefahren, und Rosa hatte ihr zugestimmt. »Ja, der Herr Stefan hat ihm ganz gleich geschaut, so lustig und jung, wie er war ...«

Marili war vor dem Herd gehockt und hatte genau aufgepaßt.

»Nein«, hatte die Großmutter eingewandt, »er wird an alle fünf gleich stark denken. Er hat nie einen Unterschied gemacht, du kannst dich halt nicht mehr erinnern.« Aber Rosa konnte sich nicht zufriedengeben und mußte noch einmal erklären, wie hübsch und lustig der Herr Stefan gewesen war. Daraufhin hatte die Großmutter gelächelt und gesagt, daß Rosa auch nicht gescheiter geworden sei in den letzten Jahren, und das Mädchen hatte sich über den Herd gebeugt und war glühend rot geworden – von der Hitze wahrscheinlich.

Heute also dachte der Großvater nicht an seine Kinder, auch nicht an den lustigen Stefan. Die Sonne hatte jeden Kummer aus seinem Herzen vertrieben.

»Zieh dich an, Marili«, sagte er, »du darfst mit mir fahren.« Die Großmutter mußte ihre Arbeit hinlegen und das kleine Mädchen auf der Stelle waschen und kämmen. Das Frühstück wurde in großen Schlucken hinuntergestürzt, und Marili mußte plötzlich entsetzlich husten. Immer wenn das geschah, wurde der Großvater blaß und rot und wußte sich vor Aufregung nicht zu helfen.

»Aber Vater«, sagte die Großmutter, »sie hat sich nur verschluckt, daran kann man doch nicht ersticken.«

»Das kann ich nicht mit ansehen«, schrie der Großvater aufgebracht, und Marili fühlte, daß seine Hände zitterten, als er sie auf den Rücken klopfte.

Endlich war alles in Ordnung. Kajetan hatte das Pferd eingespannt, und Marili saß neben dem Großvater, der die Zügel gefaßt hatte.

Die Großmutter stand noch lange unter der Haustür, eine kleine blaue Gestalt. Obwohl man ihr Gesicht nicht mehr sehen konnte, wußte Marili, daß sie lächelte.

Auch das Pferd schien fröhlich zu sein, es trabte so munter dahin, daß der Großvater es nicht anzutreiben brauchte. Die Wiesen wurden gemäht. Marili roch den säuerlichen Duft des frischen Grases und schnupperte aufgeregt.

Sie fuhren nun durch den kleinen Ort, und der Großvater wußte bei jedem Haus etwas zu berichten. Hier hatte eine Frau Drillinge bekommen, dort hatte sich der Fuchs einen Hahn geholt, und im nächsten war ein Bub vom Dach gefallen und hatte sich ein Bein gebrochen.

Später, als sie das Dorf schon eine Weile im Rücken hatten, kamen sie an einem verlassenen, unbewohnten Haus vorbei, und Marili fand, daß hier eigentlich Räuber hausen müßten. Der Großvater wiegte den Kopf hin und her und widersprach ihr nicht.

»Großvater, hast du schon einmal einen Räuber gesehen?«

»Nicht nur einen, eine ganze Menge«, brummte der alte Mann grimmig.

Marili geriet sofort in Begeisterung. »Wie haben sie denn ausgeschaut?« quälte sie und bohrte ihr kleines Gesicht in seinen Rock.

»Ganz verschieden«, erklärte der Großvater ernsthaft, »einige waren überlebensgroß.«

»Wie groß?«

»Na ungefähr dreimal so groß wie ich. Ein paar hatten Zähne wie Wildschweine und feuerrote Augen.«

Es war kaum zu fassen. Die Großmutter hätte gesagt »haarsträubend«. Sie hatte es nicht gerne, wenn der Großvater derartige Geschichten erzählte.

Während Marili mit ihren Gedanken noch bei den überlebensgroßen Räubern war, fuhren sie in den Hof der Sägemühle ein. Das Kind drückte sich eng an den Großvater, als sie die große Stube betraten.

Der Sägemüller saß am Tisch und hatte ein großes Glas Most vor sich. Sein Gesicht war blaurot, und seine weit vortretenden Augen waren voll kleiner roter Äderchen.

Rosa hatte einmal gesagt: »Der Sägmüller ist ein alter Halsabschneider.« Marili mußte ihn immerfort anstarren. Gerne hätte sie ihn gefragt, aber es war nicht genau vorauszusehen, wie er eine derartige Frage aufnehmen würde.

Da kam die Müllerin in die Stube und brachte Marili einen fetten Krapfen.

»Lauf hinaus, mein Kind«, sagte der Großvater, »ich hab' etwas Geschäftliches zu besprechen.« Marili schob sich zur Türe hinaus. Wenn der Großvater etwas Geschäftliches vorhatte, begann es meist langweilig zu werden.

Im Hof stand ein Bub. Er war größer als Marili, und sein Gesicht war voll brauner Flecken; außerdem fehlten ihm zwei Zähne. Seine nackten Füße spielten in einer Jauchenlache. Die braune Flüssigkeit quirlte bei jeder Bewegung zwischen seinen Zehen hoch. Marili sah ihm eine Weile versunken zu. Sie hätte auch gerne die Schuhe ausgezogen, aber sie ahnte, daß es die Großmutter traurig machen würde. Ganz deutlich glaubte sie zu spüren, wie sich ihre Zehen in den

Sandalen danach sehnten, in der sonnenbeschienenen Lache zu spielen. Seufzend wandte sie sich endlich ab.

»Wir haben junge Katzen«, sagte der Bub plötzlich und unterbrach seine angenehme Beschäftigung. Es klang ein wenig frech und prahlerisch, aber Marili störte das nicht.

»Zeigst du sie mir, bitte?« Der Bub überlegte eine Weile, dann lief er voraus auf die Tenne. Dort lagen sie hinter einem Faß voll Sägespänen, die drei Tierchen, in einem Nest aus alten Lumpen.

Marili streichelte die lauwarmen Felle und fühlte die kleinen Herzen hart gegen ihre Handfläche schlagen.

»Sie sind noch blind«, erklärte der Bub, und dann mit einem hinterhältigen Blick: »Vielleicht ertränk' ich sie im Bach.« Marili hockte erstarrt am Boden.

»Was?« stammelte sie fassungslos.

»Sie gehören ja mir.«

Marili sah ihn, wie er so vor ihr stand, stämmig und herausfordernd. Eine kleine Blutwelle schoß ihr ins Gesicht, und in ihren Ohren begann es zu summen. Blitzschnell sprang sie auf und warf sich an seine Brust, daß er auf dem glatten Boden ausglitt und polternd hinfiel.

Sofort kniete sie auf seiner Brust und schlug mit beiden Fäusten auf ihn los. Unter den Schlägen ihrer kleinen, festen Hände erwachte seine Wut, und er begann zurückzuschlagen. Marili sah rote Punkte vor den Augen, sie keuchte vor Zorn. Er hatte ihr Haar gepackt und zerrte daran.

Dann schlug sie die Zähne in seine Wange und biß fest zusammen. Der Bub schlug um sich und brüllte laut.

Plötzlich standen eine Menge Leute da. Eine Frau schrie auf und versuchte die Kinder zu trennen.

»Er will sie ertränken, die Katzen«, schluchzte Marili verzweifelt. Wie aus weiter Ferne hörte sie die Stimme des Großvaters – eine mächtige, rettende Stimme.

»Aber er darf ja nicht, ich erlaub' es ihm nicht.« Dann lag sie an seiner Brust und versteckte das zuckende Gesicht in seiner Weste.

In der Stube nähte die Müllerin rasch den ausgerissenen Ärmel an. Dabei starrte der Sägemüller unverwandt über den Tisch mit seinen riesigen Glotzaugen, aber, wie es Marili schien, nicht eben unfreundlich.

Endlich schob er ihr seinen großen Mostkrug zu und lachte prustend, als sie ein paar tiefe Züge trank. Sie fühlte sich heiß und erschöpft, etwas in ihrer Brust zitterte noch immer, und sie mußte mit Gewalt die Tränen zurückdrängen. Als sie im Wagen saßen, sagte der Großvater: »Du bist eine arge Hexe, meine Liebe.« Es klang stolz, der Großvater war also nicht böse.

»Ich glaube«, sagte Marili und versuchte ihrer Stimme einen festen Klang zu geben, »ich glaube, es ist besser, wir sagen der Großmutter, daß ich hingefallen bin.«

»Das scheint mir auch vernünftiger«, stimmte er zu. Schwindlig, aber zufrieden lehnte sich Marili zurück. Die Sonne war schon hochgestiegen, und über den Wiesen lag ein durchsichtiger roter Schleier. Marili spürte die Wärme auf dem Gesicht und schloß die Augen.

»Er darf sie nicht ertränken«, dachte sie und tastete verstohlen nach ihrem linken Ohr. Gottlob, es war noch an seinem alten Platz, es brannte zwar, aber es war zu ertragen. In ihren Handflächen glaubte sie noch immer das harte Pochen der Katzenherzen zu fühlen.

Das Gras lag dunstend in der Sonne und roch jetzt so stark, daß das Kind betäubt den Kopf auf das Knie des alten Mannes legte. Erst als die winzige Gestalt der wartenden Großmutter auftauchte, setzte sich Marili stramm aufrecht und riß mit Gewalt die schläfrigen Augen auf. Niemand außer dem Großvater sollte wissen, daß sie, Marili, heut ganz allein einen großen Buben verprügelt und besiegt hatte.

Der Wald war von dichtem Haselgebüsch umsäumt, das sich an drei Stellen zu kleinen Tälern öffnete. Dort wuchs das hohe, harte Gras, das im Winter als Streu verwendet wurde.

Zuerst hatte Marili das Geheimnis des mittleren Tales entdeckt. Es war dort so heiß, daß sie schwindlig wurde und erst die Augen schließen mußte, ehe sie sich an das Flimmern der Sonne über den hohen Gräsern gewöhnt hatte.

Und dann sah sie die Feuerlilien. Es dauerte lange, ehe sie es wagte, die brennenden, fleischigen Blätter mit den Fingerspitzen zu berühren. Ein wenig ziegelroter Staub blieb an ihrer Hand haften.

Sie wußte, daß die Blumen es nicht gern haben, wenn man sie anfaßt, aber sie konnte nicht der Versuchung widerstehen, es wenigstens auf eine ganz zarte Weise zu tun.

Manchmal kniete sie vor den kerzengeraden Stielen und nahm eines der Blütenblätter zwischen die Lippen, vorsichtig und behutsam. Alle Blumen, die sie auf diese Weise berührt hatte, fühlten sich kühl und fremd an, aber die Feuerlilien schienen unter ihrem Hauch lebendig zu werden, es war beseligend und ließ sie zugleich schaudern.

Dann sprang sie auf und rannte hinaus auf die freundlich duftende Wiese. Wenn sie einen scheuen Blick durch das dunkle Waldtor zurückwarf, sah sie die roten Kelche in der Sonne glühen, eine unbeschreibliche Verlockung.

Aber niemals wagte sie nach einer Flucht umzukehren. Sie stand vor dem Tor, sah die Luft in kleinen bläulichen Wellen über den spitzen Gräsern zittern und glaubte einen wilden, heißen Geruch zu spüren. In diesem Tal wohnte auch die Kreuzotter mit ihren Kindern; sie lagen oft auf einem weißen Stein und züngelten in die durchsichtige Luft.

Bald darauf entdeckte Marili das erste Tal. Dort wuchs unter einer großen Haselstaude der Türkenbund. Er war sehr vornehm anzusehen, aber er kam Marili nicht entgegen. Ganz gesättigt von seiner dunklen, gefleckten Schönheit, stand er allein und in sich versunken. In seinem Tal wuchsen riesige Haselbüsche. Manchmal stand ein Reh hinter einem von ihnen und schrak auf, wenn Marili sich bewegte. Das ganze Tal schien von einem schweren Traum befangen, und auch das Kind wurde schläfrig, wenn es neben dem Türkenbund im Moos lag. Es sah den Himmel durch das Gewirr von Blättern, und das ununterbrochene Spiel der Lichter und Schatten ermüdete es.

Irgendwo summte eine verschlafene Fliege, es gab hier grünschillernde Fliegen, die Marili noch nie zuvor gesehen hatte. Und in den großen Büschen verbargen sich zwei Vögel, die immer denselben Ton sangen – einen dunklen, unwirklichen Laut.

Immer erwartete Marili, daß nun etwas geschehen würde, und wehrte sich gegen den Schlaf auf ihren Lidern. Noch in ihren Traum sickerte das eintönige Gespräch der beiden Vögel.

Wenn sie erwachte, war sie enttäuscht, alles so vorzufinden, wie sie es verlassen hatte. Der Türkenbund träumte vor sich hin, und die grünen Fliegen schwebten lautlos um die Büsche.

Sie wußte, daß sich, während sie schlief, etwas ereignet hatte, etwas, was sie nie erfahren würde.

Die heuchlerischen Vögel verspotteten sie mit ihrem gleichgültigen Gerede, und die gefleckte, düsterfarbige Blume an ihrer Seite schwieg beharrlich wie zuvor.

Gewiß würde sich das Tal sofort verwandeln, sobald sie ihm den Rücken zukehrte. Die starren Büsche würden erwachen, die Vögel zu singen anheben, und der Türkenbund würde sein Geheimnis preisgeben.

Manchmal fühlte sie sich darüber so gekränkt, daß sie mit tränenverdunkelten Augen auf die Wiese schlich und keinen Blick zurückwarf. An diesen Tagen war es gut, Zuflucht zu suchen im dritten Tal.

Eine Quelle war dort aufgebrochen und versickerte im Moos und Laub des vergangenen Jahres. Rund um die Quelle stand der Eisenhut. Er war Marili freundlich gesinnt und erschreckte sie niemals. Nichts Geheimnisvolles und Brennendes war an ihm, sein leuchtendes Blau erweckte angenehme Kühle.

Er stand im Tal der tapferen Gedanken und guten Vorsätze und war der beste Freund, gesellig und alle Trübnis mit seinem blauen Licht durchdringend.

Ganze Nachmittage verbrachte Marili mit dem Eisenhut. Sie spielte mit den weißen Steinchen in der Quelle und fühlte glücklich das kalte Wasser über ihre Hände laufen. Wenn sie die Augen hob, sah sie Scharen von riesigen gelb und braun bepelzten Hummeln an den blauen Blüten hängen. Die hohen Stengel zitterten unter der Last der runden Gäste. Marili liebte die Hummeln von ganzem Herzen, ihr kriegerisches Gebrumm, die wolligen Pelze und wasserhellen Flügel. Manchmal fing sie eine von ihnen und ließ sie wieder los, wenn das Gekrabbel der kleinen Beine sie unwiderstehlich zum Lachen reizte. Alles in diesem Tal war gut und heiter und weckte freundliche Gedanken in ihr.

Manchmal, wenn sie nachts erwachte und sich in der Dunkelheit beklommen fühlte, suchte sie Zuflucht beim Eisenhut. Sie wünschte einen Wald von seinen hohen Stauden rund um ihr Bett und darübergeneigt, wie einen blauen Baldachin, die Fülle seiner Blüten. »Lieber, guter Eisenhut«, flüsterte sie dann und streckte sich glücklich aus, das Murmeln der Quelle im Ohr.

In Marilis Träumen wuchsen die drei Täler ins Riesenhafte. Gebirge von reglosen Haselbüschen, das Gesicht des Türkenbunds über dem ihren, düster und rätselhaft, die züngelnde Kreuzotter als Wächterin vor dem Tor zum mittleren Tal und dahinter die brennenden Lilienkelche, die voll Verlockung über dem Gras zu schweben schienen. Und dann, halb im Erwachen, die Flucht in das kühle, hummeldurchbrummte dritte Tal, das Quellwasser auf den Händen und das Fächeln der Blätter auf ihren Wangen.

»Mut! Mut! Mut!« summte die Hummelschar, und das kleine Mädchen lächelte im Halbschlaf.

Den ganzen Sommer lang dauerte das Glück der drei Täler, dann wurde das hohe Waldgras gemäht und auf langen Haselzweigen über die Wiese geschleift.

Marili durfte mitfahren, eingesunken in die harte, stechende Streu, fühlte sie den kühlen Wind um die Nase und mußte die Augen schließen. Sie hörte Rosa lachen und den keuchenden Atem des alten Knechtes. Nein, es war wirklich nicht möglich, die Augen offenzuhalten, als es plötzlich in rascher Fahrt bergab ging und der Wind ihr den Atem zurückschlug.

Später saß sie, ein wenig schwindlig, im Stall auf einem Bund Stroh und zog die Disteldornen aus Armen und Beinen. Der kleine Schmerz und der Geruch von Waldgras in ihrem Kleid weckten eine unbestimmte Trauer in ihr.

Nun würde sie also nicht mehr die drei Täler aufsuchen. Die Zeit des freien und geheimnisvollen Herumschweifens war vorbei. Wo war alles hingekommen, und was sollte nun folgen auf den langen Sommer?

Es war gut, sich an Rosa zu halten oder den Arm um den Hals des kleinsten Kalbes zu schlingen und die rauhe Zunge auf den Händen zu fühlen.

Am allerbesten aber war es, den Großvater aufzusuchen, der durch den Obstgarten schritt und nachdenklich vor jedem Baum stehenblieb. Sobald er Marilis Hand in der seinen fühlte, neigte er sich tief herab und strich ihr Haar zurück, ihren Scheitel leicht verwirrend. Marili sah sein Gesicht ganz nahe, dieses heitere, offene Gesicht mit den leuchtendblauen Augen, umrahmt vom weißen Bart. Sie glaubte, es schon lange nicht so groß und deutlich gesehen zu haben, und fühlte sich sehr schuldbewußt.

»Morgen«, sagte der Großvater, »fange ich an mit dem Mostpressen; du mußt mir helfen dabei, allein wird es zuviel für mich.«

Es war noch ganz dunkel, als Marili erwachte und in das Schlafzimmer der Großeltern schlich. Der Großvater lag auf dem Rücken, sein weißer Bart verschwamm mit den Kissen – er atmete ruhig und machte keinerlei Anstalten zu erwachen.

Die Großmutter konnte man überhaupt nicht hören. Marili trippelte mit nackten Füßen an ihr Bett und neigte sich über den dunklen Fleck, der ihr Gesicht sein mußte. Plötzlich sagte die alte Frau leise: »Schnell, komm zu mir, du erfrierst sonst noch da draußen.« Glücklich schlüpfte Marili unter die große Tuchent.

»Großmutter, warum schläfst du nicht?«

»Ich denke an früher.«

Dieses »Früher« war eine Macht, an die man nicht herankommen konnte. Marili beschloß zu schweigen und schmiegte sich eng an die Schulter der Großmutter. Sie spürte einen harten Knochen durch die Flanelljacke und roch den schwachen Duft von Küchenkräutern und etwas sehr Altem. Den glatten schwarzen Zopf der alten Frau um die Hand gedreht, schlief sie ein, als die sanfte Wärme des Bettes sie umfing.

Nirgends konnte man so lange schlafen wie in Großmutters Bett. Marili sah die Sonne vor dem Fenster und sprang mit einem kleinen Schrei auf den Boden.

In der Obstkammer stand schon der Großvater, eine grüne Schürze um den mächtigen Leib gebunden, und schüttete einen Eimer Äpfel in die Presse.

»Endlich«, sagte er, »bist du da. Du kannst die Äpfel in den Korb schaufeln, aber gib acht, daß dich keine Wespe sticht!«

Nach dem verfaulenzten Sommer tat es gut, zu arbeiten. Als die Großmutter einmal nachsehen kam, standen schon kleine Schweißperlen auf Marilis Gesicht, und der süße Mostgeruch schlug der alten Frau betäubend entgegen. Die Wespen surrten um die großen Bottiche, und die Großmutter war beunruhigt, aber Marili fürchtete sich nicht, denn sie war noch nie gestochen worden. Sie war schon selbst wie ein kleines Faß voll Most – ihre Lippen und Hände klebten vor Zucker; wenn sie sich aufrichtete, schmerzte ihr Rücken, und sie fühlte sich sehr stolz und gehoben. Es war wirklich nicht auszudenken, wie der Großvater in diesem Jahr ohne ihre Hilfe fertig geworden wäre.

»Ja«, sagte er, »wenn ich dich nicht hätte...« Die Großmutter sagte gar nichts, aber sie lächelte mit ihrem großen dunklen Mund, und ihre Augen glänzten schelmisch.

Gott sei Dank, sie schien nicht an »Früher« zu denken, und Marili brauchte sich darüber nicht hilflos und betrübt zu fühlen.

Gab es aber auch etwas Süßeres als den jungen Most? Die Wespen fielen betäubt über den Rand der Kufen in seine gründgoldene Flut. Marili rettete viele von ihnen und setzte sie mit einem Strohhalm auf die Wiese, wo sie betrunken über die Stoppeln torkelten. Damit verging die Zeit wie im Flug, und die Großmutter rief zum Mittagessen.

Rosa wartete schon mit Bürste und Seife und stürzte sich auf Marili, die sich heute widerstandslos reinigen ließ. Sofort nach dem Essen kletterte das Kind auf den Großvater und schlief, auf seinem Leib zusammengerollt, sogleich ein.

Hinter dem Stall irgendwo unter feuchten Steinen wohnten die Schlangen. Manchmal sah Marili sie über die Bretter gleiten, die zum Keller führten, lange schwarze Geschöpfe, die sie nicht anzufassen wagte. Sie waren aber ganz ungefährlich, ja Rosa behauptete sogar, sie brächten Glück ins Haus, und stellte manchmal ein wenig Milch in einer flachen Untertasse hinter die Stalltür. Am Morgen war die Tasse leer, und obwohl die Großmutter zu zweifeln schien, beharrte Rosa darauf, daß die Schlangen die Milch getrunken hätten und nicht der schwarze Kater. Die Schlangen waren scheu und liebten die Dämmerung. Marili kam nie dazu, sie genau zu betrachten, denn sie glitten lautlos und hurtig an ihr vorüber irgendwohin in ihre feuchten Höhlen.

Seit ins Lusthaus der Igel eingezogen war, ließen sie sich noch seltener blicken, denn sie mußten vor ihm auf der Hut sein. Der Igel war ruppig und ungezogen und machte nachts solchen Lärm, daß die Großmutter davon erwachte. Marili hörte ihn nur am Abend, wenn er über den Bretterboden im Lusthaus trampelte und mit dem Weinlaub raschelte. Einmal fing ihn Kajetan ein und trug ihn in die Küche. Marili sah eine laubbespickte Kugel, sie streckte die Hand aus und strich vorsichtig darüber. Es fühlte sich an wie eine von Rosas Ausreibbürsten. Der Igel rührte sich nicht und schien keinen Kopf zu haben. Schließlich trug Kajetan den Verstockten wieder ins Lusthaus, und bald darauf hörte man erbostes Pusten, Schnalzen und Getrampel.

Im Traum konnten die Tiere sprechen, und Marili führte dann lange Unterhaltungen mit dem Hahn, einer Kuh oder Pluto, der sie in allen Träumen begleitete, und sie war erbittert über das Tageslicht, das sie aus den vertraulichen Gesprächen riß und die Tiere wieder stumm machte.

Man konnte dann nichts tun als gut zu ihnen sein; der freundliche Pluto ließ sich gern streicheln, und auch die Kühe und Kälber waren zutraulich und arglos, aber viele Tiere flohen, sobald Marili die Hand nach ihnen ausstreckte. Immer wenn etwas Trauriges geschah, war ein Tier die Ursache. Eine Maus wurde gefangen, Rosa brachte die Falle in die Küche und hielt sie triumphierend der Großmutter entgegen. Die Maus hatte schwarze Stecknadelaugen und ein graues Fellchen. Marili spürte ein Würgen im Hals, als sie den kleinen Blutstropfen an der spitzen Schnauze sah.

Dieser Tropfen war der Tod. Die Maus sah aus, als würde sie lachen, man konnte ihre dünnen Zähne unter der hochgezogenen Lippe sehen. Aber sie lachte natürlich nicht wirklich, Sterben war etwas Trauriges, auch für eine Maus.

Marili war böse auf Rosa, sie hätte sich gern abgewandt, aber eine Mischung von Grausen und Neugierde zwang sie dazu, wie gebannt auf die großen roten Hände des Mädchens zu schauen.

»Trag die Maus fort«, sagte die Großmutter still und fuhr mit der Hand über die Augen des Kindes, als wolle sie darin etwas auslöschen.

Rosa wandte sich enttäuscht ab, sie hatte ein Lob erwartet, und ihre rote Unterlippe bog sich trotzig abwärts.

Die Maus, so tot sie auch sein mochte, ging in Marilis

Traumwelt ein und begann ein gespenstiges Leben zu führen. Sie huschte über den Boden und machte Männchen vor Marilis Bett. Immer hing der winzige Tropfen an ihrer Schnauze, und das Kind fürchtete sich vor dem kleinen Tropfen, der der Tod war, und schrie gellend auf, bis die Großmutter es in die Arme nahm.

Schließlich versicherte die alte Frau, daß auch die Tiere in den Himmel kämen, alle ohne Ausnahme, die Löwen genauso wie die Ameisen. Diese Vorstellung beruhigte Marili, und die Maus zog sich zurück. Sie war gewiß damit beschäftigt, irgendwo in den weißen Wattewolken ein passendes Loch für den Winter zu nagen. Was für ein Trost war es, zu wissen, daß alle Tiere in den Himmel kamen. Jene unendliche Reihe von geköpften Hühnern, geschlachteten Kälbern und alle altersschwachen Pferde und Hunde. Auch die arme Kröte mußte dort sein. Manchmal glaubte Marili deutlich, die himmlische Höhle zu sehen, in der sie jetzt hocken mochte, die gelben Augen geschlossen, ein graubrauner Klumpen mit lichter Kehle, die sich sanft auf und nieder bewegte – in alle Ewigkeit.

Im Herbst, als es abends plötzlich kühl wurde, kam die gefährliche Zeit für die Bienen. Wenn die Sonne sank, stieg eine heimtückische Kälte auf und lähmte ihre Flügel. Marili bekam damit eine neue Aufgabe. Mit einer Zigarrenschachtel lief sie auf die Wiese und zu den lilablühenden Herbstastern am Gartenzaun und setzte die erstarrten Tiere hinein. Am nächsten Morgen, wenn die Sonne aufs Fensterbrett fiel, öffnete sie die Schachtel und erlebte das Erwachen der Bienen: das erste Regen der Flügel, das Strecken der Beinchen und das vorsichtige Tasten der schlaferstarrten Fühler. Und endlich vernahm sie jenen schwachen, summenden Laut, der eine Welle von Zärtlichkeit in ihrer Brust löste.

Die Bienen waren nun völlig erwacht, sie hoben ihre zitternden Flügel und schwebten, noch ein wenig taumelnd, aus dem Fenster – gerade in den Apfelbaum, der vor Tau und Sonne glitzerte.

Immer durchsichtiger wurde die Luft und immer dunkler der Himmel. Da geschah es eines Nachmittags, daß die Großmutter Marilis gutes blaues Samtkleidchen hervorholte und auch selbst ein schwarzes Wollkleid anzog.

»Wir machen einen Besuch«, sagte sie und glättete mit ihren langen gelben Fingern ihr schwarzes Haar, bis es glänzend um den Kopf lag.

Sie faßte die Kleine an der Hand und verließ mit ihr das Haus. Ein frischer Wind fuhr über die Gräser, und die Sonne stand klar am Himmel. Neugierig trabte Marili neben der alten Frau dahin. Auf der hügeligen Wiese neben dem Weg wuchs in lilafarbenen Büschen ein niedriger Enzian. Marili pflückte einen so großen Strauß davon, daß sie ihn mit den Händen nicht umspannen konnte.

»Gehen wir denn in die Kirche?« fragte sie, als sie den spitzen roten Turm auftauchen sah.

»Du wirst es gleich sehen, mein Kind.«

Marili schwieg. Die alte Frau begann nun, wie von einer unsichtbaren Gewalt gezogen, fast zu laufen, so daß das Kind an ihrer Seite kaum Schritt halten konnte.

Endlich hielten sie vor dem Friedhofstor.

Die Großmutter tauchte die Finger in den Weihbrunnkessel und besprengte ihre kleine Begleiterin mit Wasser. Die Tropfen rannen über Marilis Stirn und Schläfen, und sie zitterte, als der kühle Wind über ihr Gesicht fuhr. Nun wußte sie, daß das kein Besuch werden sollte mit Bäckereien und Milchkaffee, und leichtes Bedauern erfüllte sie.

Inzwischen schritt die Großmutter zwischen den Gräbern dahin, und das hohe, dunkle Friedhofsgras raschelte an ihrem Kleid. Endlich blieb sie vor einem Grab an der Mauer stehen und legte die Hand auf die Schulter des Kindes.

»Hier«, sagte sie, »liegen sie, Hans und Franz und deine Mutter. Nur von Stefan und von deinem Vater wissen wir nichts, sie liegen irgendwo in Rußland.«

Marili sah das große Schmiedeeisenkreuz und dahinter einen Baum, der so grün war, daß er fast schwarz aussah.

»Das ist eine Zypresse«, sagte die Großmutter, die sich über den Hügel beugte und ein wenig Unkraut auszupfte.

»Zypresse«, dachte Marili benommen. Sie hob die Hand und berührte die seltsamen Zweige, die einen zarten, herben Duft ausströmten, den sie nicht kannte. »Hoffentlich«, überlegte sie, »ist es ein braver Baum.« Er sah sehr ernst und abweisend aus, aber nicht unfreundlich. Sie erinnerte sich plötzlich der Gesichter ihrer Onkel, die sie von Bildern kannte, ihrer schmalen Augen und der großen, ernsthaften Münder. Sie waren Zwillinge gewesen und hatten ausgesehen wie die Großmutter. Und jetzt lagen sie also hier in der Erde mit der Lisl-Mutter. Sie versuchte, sich das heitere, sanfte Gesicht mit den weit geöffneten Augen vorzustellen, aber es wollte nicht gelingen. Dieses Gesicht gehörte in den vergoldeten Rahmen unter spiegelndes Glas, nicht unter den Zypressenbaum.

Die Großmutter saß nun auf den Steinen, die das Grab umfriedeten, und sah auf ihre Hände nieder. Marili legte zögernd den Enzianstrauß unter das Kreuz – viel lieber hätte sie die seidenglänzenden Blumen mit nach Hause genommen. »Jetzt mußt du beten für die Toten«, sagte die Großmutter. »O Herr, gib ihnen die ewige Ruhe und das ewige Licht leuchte ihnen.« Marili wiederholte die Worte. Es war sehr feierlich, und sie folgte der Großmutter auf Zehenspitzen, um niemanden zu stören, durch das rauschende Friedhofsgras.

Am anderen Ende des Friedhofes blieb die alte Frau vor einem winzigen Hügel stehen, auf dem ein weißer Steinengel kniete, der wie im Schlaf eine Wange in die Hand geschmiegt hatte. »Hier«, sagte die Großmutter, »liegt der kleine Max.« Sie nahm ein paar Enzianblüten, die sie vom großen Grab mitgenommen hatte, und legte sie zu Füßen des Engels. Marili hätte gerne gewußt, warum der kleine Max nicht bei seinen großen Geschwistern liegen durfte, aber sie wagte nicht zu fragen, denn die Großmutter kniete im Gras und sah von ihr weg, gerade auf die Friedhofsmauer, wo es doch gar nichts zu sehen gab. Marili fühlte sich bekümmert und verlassen. Sie begriff, daß die Großmutter von ihr weggegangen war, zu jenem kleinen Kind, von dem sie wußte, daß es blaue Augen und Grübchen gehabt hatte. Sie, Marili, hatte keine Grübchen, ihre Wangen waren rund und glatt, und das schien plötzlich ein arger Mangel zu sein.

Eine Weile stand sie unschlüssig vor dem kleinen Hügel, dann, als die alte Frau keine Anstalten zeigte, zu ihr zurückzukommen, wanderte sie langsam weiter bis zu einem großen Grab, auf dem eine riesige Trauerweide stand. Sie schlüpfte unter die hängenden Zweige und kauerte sich eng zusammen. In ihrem Kopf war plötzlich eine schreckliche Leere. Sie konnte gar nichts mehr denken. Alles war so fern, die Großeltern, Rosa und Kajetan, alle hatten sie sich hinter einer großen, schweren Tür versteckt. Gedankenlos nahm sie einen Zweig der Weide zwischen die Zähne und biß zusammen. Bitternis erfüllte ihren Mund und durchdrang ihren kleinen Körper. Sie sah den dunkelblauen Himmel zwischen silbrigen Weidenblättern und begann laut und verzweifelt zu weinen.

Als die Großmutter vor ihr stand, wußte sie über nichts anderes zu klagen, als über die Bitterkeit der Weidenrinde. Die alte Frau streichelte begütigend ihre Wange. »Wer wird auch Weidezweige essen?« sagte sie. »Es gibt nichts Bittereres als sie.«

Marili erhob sich. Die Rückseite ihres Kleidchens war feucht geworden, und sie fröstelte. Ihre Wangen brannten vom Oktoberwind und den raschen Tränen. Auf dem Heimweg drückte sie sich dicht an die alte Frau und fühlte beglückt, wie der Wind sie in die Falten des langen schwarzen Kleides einhüllte.

Das Ende des Monats brachte kühle Tage. Erst gegen Mittag wurden die Nebel durchsichtiger, und die verfärbten Wälder und Wiesen schimmerten gelb und rötlich durch die milchigen Schleier.

Marili pflegte jetzt länger zu schlafen als im Sommer. Auch Rosa war stiller geworden. Sie hatte den ganzen Sommer hindurch schwer gearbeitet, und ihre Arme und Beine waren braun und sahen aus wie Holz. In ihren Handflächen saßen derbe Schwielen, an denen sich Marilis feines Haar beim Kämmen verfing wie ein Seidengespinst.

Der Großvater verbrachte halbe Tage im Wald, er erlebte wohl neue Abenteuer, um im Winter wieder Stoff für die langen Nachmittage zu haben. Manchmal durfte ihn Marili bis zum Holzlagerplatz begleiten. Dort gab es ungezählte Ameisburgen aus Kiefern- und Lärchennadeln. Sie strömten in der Mittagssonne einen scharfen Geruch aus, der in der Nase biß und brannte. Der Großvater zeigte dem Kind die verschiedenen Arten, die riesigen Waldameisen, die bissigen roten und die harmlosen schwarzen Ameisen und jene winzigen gelben Tierchen, die niemals dazukamen, Burgen zu bauen, weil sie von allen anderen verfolgt und gefressen wurden. Sie schienen wirklich sehr hinfällig, mit ihren fadenartigen Beinchen, und Marili fühlte Mitleid mit ihrer Schwäche, aber im innersten Herzen liebte sie doch die großen Ameisen, die der Großvater »Waldbären« nannte, am meisten.

Die aufgestapelten Lärchenstämme schwitzten ein helles Harz aus, und Marili konnte der Versuchung nicht widerstehen, die glitzernden goldfarbigen Tropfen anzufassen.

Aber wie durch einen bösen Zauber verwandelten sie sich in ihren Händen in eine zähe, klebrige Masse von schmutzigem Graugelb, die man nicht von den Fingern brachte.

Manchmal kauerte sie lange vor einem der hohen Holzstöße und sah mit hungrigen Augen auf die verzauberten Tropfen. Einmal nahm sie einen davon zwischen die Zähne und biß zusammen. Es schmeckte kräftig, wie Medizin, aber leider konnte sie es nicht mehr aus dem Mund bringen und mußte es mit den Nägeln von den Zähnen kratzen.

Den ganzen Tag hindurch behielt sie den Geschmack im Mund und fühlte sich glücklich und erregt, als wäre sie einem Geheimnis auf die Spur gekommen.

Und inzwischen ging der Großvater zwischen den Holzstößen auf und nieder, und Marili hörte ihn mit lauter, hallender Stimme zu den Arbeitern sprechen. Es war nur der Ton seiner Stimme, den sie zu hören wünschte; es war ganz unwichtig, zu wissen, was er jenen Männern erzählte, die so stark nach Pech, Schweiß und Tabak rochen. Meist endeten die Gespräche damit, daß der Großvater Marili plötzlich auf die Schultern setzte und nach Hause trug. Sehr sonderbar und verändert erschien die Welt, von solcher Höhe aus gesehen. Die Kronen der Bäume waren ganz nahe, sie streckten die Zweige aus und zupften Marili an den Haaren oder stießen sie sanft in die Wangen. Wenn sie den Kopf zurücklegte, sah sie nur den blauen Himmel, auf dem die weißen Wolken langsam dahinschwammen. Sie fürchtete sich ein wenig, aber sie verharrte in ihrer unbequemen Lage, bis ihre Augen vor Tränen schwammen.

Es war noch nicht die rechte Zeit, um nachmittags mit dem Großvater zu schlafen. Die milde Sonne lockte sie aus dem stillen Zimmer.

Niemals war der Bach so freundlich gewesen wie in diesen Tagen: klein und durchsichtig lief er über die grün bemoosten Kiesel dahin. Marili liebte sein sanftes Gemurmel, sie saß auf einem Stein, in einem Meer von riesigen Lattichblättern, und warf kleine Steine in den Tümpel. Dort lag das Wasser ruhig und geheimnisvoll, und man konnte seinen Grund nicht sehen. Dieses dunkle Wasserloch verschlang die weißen Kiesel wie das samtene Maul einer großen schwarzen Kuh. Manchmal vernahm sie das dumpfe Aufschlagen, aber meist versanken die Steine völlig lautlos.

Es war ein reizvolles Spiel, die große Wasserkuh zu füttern, und Marili setzte es oft noch im Schlaf fort. Aber dem Traum haftete immer etwas Unheimliches an. Es war dann so, daß sie plötzlich wußte: Das Wasser begann nun böse zu werden. Aber immer wieder mußte sie noch ein Steinchen werfen, bis das Schreckliche geschah, die glatte Fläche sich zu teilen begann und drohende, gurgelnde Laute aus dem grünlichen Loch drangen, die das Kind vor Angst aufschreien ließen.

Niemals wurde dieser Traum zu Ende geträumt, denn es endete stets mit dem Schimmer von Großmutters Kerze und dem tröstenden Licht in ihren braunen Augen. Die gelben Finger ihrer alten Hände hatten Macht über alle bösen Träume, sie strichen die Polster glatt, wendeten die heiße Decke, und in den neuen Schlaf sickerte das Licht der gelben Kerze.

Manchmal berührte ein leiser Schauder dieses Traumes das Kind, wenn es stundenlang zwischen den großen Lattichblättern saß und die glatten Kiesel in den Händen wog.

Alles schien so friedlich und ohne Hinterhalt.

Die Hollerstaude nickte über den Bach; ihr Schatten spielte auf dem kaum bewegten Wasser, und man konnte nichts hören als das immerwährende Gerede der kleinen Wellen.

Sonst war es zu diesen Stunden ganz still.

Die Vögel schienen in den gelben Bäumen entschlafen, manchmal sank ein Blatt lautlos nieder und landete auf dem Wasser.

Und doch war es nicht ganz geheuer.

Der freie Platz hinter ihrem Rücken war Marili unbehaglich; und war es nicht sonderbar, daß ab und zu eine große weiße Blase aus dem Tümpel aufstieg und, leise seufzend, zersprang?

Eine leichte Lähmung stieg vom Wasser auf. Es kostete Marili große Mühe, sich aufzurichten und über die Wiese zu gehen, mit dem Rücken zum Wasser, ohne sehen zu können, was sich dort zutrug, denn daß etwas geschah, stand für das Kind fest.

An jenen späten Herbstnachmittagen schien sich alles vor Marili zu verbergen. Wo waren die glitzernden Schlangen und Eidechsen geblieben und wo das vertraute Gezwitscher in den Bäumen und die wogende Grasflut, die ihr bis über die Schultern gereicht hatte? Alle Lebewesen schienen plötzlich von scheuer Furcht befallen, stumm wie Schatten huschten sie durch die Stoppelwiesen.

Vielleicht konnte es helfen, wenn man Rosa aufsuchte, die die Kühe weidete. Sie saß auf einem Holzstock und strickte an einem grauen Wollstrumpf, der unendlich lang zu werden schien. Der zweite Strumpf lag hinter ihr auf der Erde, und sie nahm ihn von Zeit zu Zeit auf und bewegte leise zählend die Lippen. Die Wolle blieb an ihren rissigen Fingern haften, und das machte sie so ärgerlich, daß sie den Mund verzog wie ein weinerliches Kind.

Rund um sie standen oder lagen die Kühe und bewegten malmend die Kiefer. Die Wiese war fast völlig abgegrast, nur gelbe, zerrupfte Grasbüschel standen noch da und dort und ein paar Herbstzeitlosen im Schatten der Büsche.

Marili wünschte verzweifelt, die strickende Rosa möge aus ihrer Versunkenheit erwachen, aber sie saß wie hinter einer Mauer von schlechter Laune und zählte die grauen Maschen auf ihren Nadeln. So blieb dem Kind nichts übrig, als den Kühen über den Rücken zu streicheln und ihre Flanken zu tätscheln. Die Wärme der großen Leiber tröstete sie ein wenig, und als ihr eines der Tiere dankbar die Hand leckte, fühlte sie sich beinahe glücklich. Sie hatte genug Trost gefunden, um die Einsamkeit der großen Wiese wieder ertragen zu können, und machte sich gestärkt auf den Weg dahin.

Während sie den steilen Hang hinaufkletterte, wurde ihr warm, die Abendsonne lag auf ihrem Rücken, und sie mußte sich an den Wurzelstöcken der großen Gräser festhalten, um nicht abzurutschen. Endlich saß sie in einer kleinen Mulde unter einer Birke und sah vor sich das ganze Tal liegen; den glitzernden Faden des Baches und zu seinen Seiten die Häuser und Keuschen, aus denen silbergrauer Rauch zum verblassenden Himmel stieg. Auch das Haus des Großvaters sah sie zu ihren Füßen liegen, und auch aus ihm stieg eine Rauchsäule auf, die Großmutter stand wohl vor dem Herd und rührte die Suppe um.

Dann schritten die Kühe langsam und feierlich über die Schwelle des Stalles. Die große Weiße stolperte, denn sie war schon alt, und ihre Klauen waren so lang und verhornt, daß man sie nicht mehr beschneiden konnte. Zuletzt kam Rosa und schloß die Stalltür hinter sich. Marili hätte gerne gewußt, ob sie noch immer den Mund so weinerlich verzogen hatte.

Rosa hatte eine sonderbare Art zu weinen. Sie riß dann den Mund weit auf. Tränen sprangen wie Gießbäche aus ihren Augen, und sie schrie und schluchzte in langgezogenen Tönen. Marilis Atem stockte beim Anblick dieses Gesichtes, es war dann gar nicht mehr Rosa, die da so schrie, sondern ein fremdes, großes Tier, das sich nur von der Großmutter durch Streicheln und Auf-den-Rücken-Klopfen beruhigen ließ.

Plötzlich erstarrte das Kind mitten im Gedanken. Wenige Schritte von seinen Fußspitzen entfernt saß eine Maus und sah es unverwandt aus schwarzen, glänzenden Augen an.

Noch nie hatte es eine so dicke kleine Maus gesehen, sie schien besonders liebenswert zu sein, ihre Schnauze war nicht spitz, sondern rundlich und ein wenig erstaunt.

Plötzlich begann Marilis Herz laut zu pochen, und sie fürchtete, das kleine Geschöpf könnte sich in seinem Mäuseherz ängstigen und fortlaufen vor dem Lärm. Sie versuchte den Atem anzuhalten, aber da wurde es nur noch schlimmer: wildes Gehämmer ließ ihren ganzen Körper bis in die Zehenspitzen erzittern.

Die Maus machte einen kleinen Sprung, überschlug sich und kollerte den steilen Abhang hinunter.

Marili brach in lautes Lachen aus, aber der Wald warf ihr Gelächter spottend zurück und ließ sie jäh verstummen.

Der Abendwind trug den Geruch von Rauch und feuchter Erde mit sich, und Marili fröstelte. Ein wenig steif vom Sitzen kletterte sie die Wiese hinunter. Die Maus hatte wohl auch schon in ihr Loch gefunden, und man konnte beruhigt sein.

Und unter der Haustür stand die Großmutter und wartete geduldig auf das kleine Mädchen.

Wenige Wochen später begann es zu regnen.

Die Zeit der Wollstrümpfe und gestrickten Unterleibchen war gekommen. Die ganze Nacht hindurch hatte der Regen auf das Dach geprasselt, aber Marili hatte fest und tief geschlafen.

Nun saß sie auf der Stiege und fühlte sich unbehaglich. Die Wollstrümpfe kratzten auf den Beinen, und das warme Kleid beengte sie auf den Schultern. Sie starrte durch das Gangfenster auf den Hof, wo die Regentropfen im Brunnentrog zu kleinen Kreisen zerflossen.

Grau und mit Nebel verhängt stand der Berg vor dem Fenster.

Nun sollte wohl der Winter kommen, der Winter war nicht schlimm, aber bis dahin fehlte noch so vieles. Das ganze Haus roch nach feuchter Mauer, und alle Öfen rauchten.

Auch zum Großvater konnte sie nicht flüchten, er saß in seinem Zimmer und starrte auf die Platte des großen Schreibtisches, obwohl dort gar nichts zu sehen war, seine blauen Augen hatten alle Kraft verloren und blickten trübe und verschleiert. Marili wußte, daß er an »Früher« dachte. Man durfte ihn also nicht stören. Rosa und Kajetan machten sich auf dem Heuboden zu schaffen, und die Großmutter quälte sich mit den rauchenden Öfen ab und war so bekümmert, daß sie kleiner und gebeugter aussah als je zuvor.

So stieg Marili schließlich auf den Dachboden, dort stand ein großer Sack mit getrockneten Pflaumen, Zwetschken und Birnen. Sie knabberte an ihnen herum, es schmeckte säuerlich und ein wenig fade. An den schiefen Wänden hingen riesige Wespennester aus grauem Papier. Marili begann in den alten Kisten und Schachteln zu kramen. Zerbrochenes Geschirr kam zum Vorschein, eine Schwarzwälder Uhr und ein mit rosa Blüten bemaltes Kuchenkörbchen aus weißem Porzellan. Sie reinigte das zarte Gebilde mit ihrem Taschentuch von Staub und Spinnweben und strich immer wieder mit der Hand über das zierliche Gitter auf dem Boden des Körbchens. Obgleich ein langer feiner Sprung darüber hinlief, schien es ihr kostbar zu sein, und bebendes Entzücken ergriff sie beim Anblick der rosenfarbigen Blumenblätter auf der weißen Glasur. Sie preßte die Wange daran und fühlte mit einer Spur von Enttäuschung das kalte Porzellan an ihrer warmen Hand. So oft hatte ihr der Großvater von verborgenen Schätzen erzählt, nun wußte sie endlich, wie es war, wenn man einen Schatz gefunden hatte.

Eine fremde Stimme riß sie aus ihrer Versunkenheit. Sie steckte den Kopf durch die Fensterluke und sah einen Mann vor der Haustür stehen und von der Großmutter ein Butterbrot entgegennehmen. Der Regen lief aus seinem grauen Haar und über das große dunkle Gesicht. Die Hast, mit der er das Brot an sich riß, erschreckte das Kind – er mußte sehr hungrig sein, so hungrig, wie man sich's gar nicht vorstellen konnte.

Ohne ein Wort des Dankes wandte er sich ab und ging in den strömenden Regen hinein. Sein Mantel glich einem zerrissenen Sack, und der ganze Mann sah wie eine Vogelscheuche aus mit seinen hängenden Schultern und den großen, unförmigen Schuhen.

Plötzlich spürte Marili das heftige Verlangen, sein Gesicht ganz nahe und deutlich zu sehen. Sie glitt von der Kiste, schlich die Stiege hinunter und drückte lautlos die Schnalle der hinteren Türe nieder. Dann stand sie im Regen. Er fiel mit klatschenden Tropfen über sie her und durchnäßte sie bis auf die Haut. Aber sie hatte keinen Gedanken für den Regen und lief eilig auf die Straße zu, wo sie unter grauen Regengüssen die dunkle Gestalt des Bettlers sah.

Auf der Straße rann das Wasser in einem reißenden Bächlein. Marili hatte nicht Zeit auszuweichen und tappte mitten hinein. Immer schneller schien der Mann zu gehen, sie versuchte zu laufen, aber der Weg war glitschig, und sie fürchtete hinzufallen und Zeit zu verlieren. Das große Haus war jetzt hinter der Biegung verschwunden, und der Bettler war in die lange Allee von Obstbäumen eingebogen, die zum Dorf führte. Marili keuchte vor Anstrengung, sie lief nun doch, alle Vorsicht außer acht lassend, und erreichte ihn am Ende der Allee.

Da blieb der Mann stehen, beugte sich über sie und sagte etwas, was sie vor Erregung nicht verstehen konnte. Niemals hatte sie ein ähnliches Gesicht gesehen; sein Mund war wie eine große Wunde, voll blutiger Risse und Schrunden und an den Winkeln tief herabgezogen. Dieser Anblick überwältigte sie. Sie wollte fliehen, aber gleichzeitig fühlte sie sich von einem starken Strudel gezogen, gerade in den großen, häßlichen Mund hinein, der wie eine dunkle Drohung über ihr hing.

Plötzlich fühlte sie, daß sie noch immer das Porzellankörbchen an die Brust gedrückt hielt; mit einer beschwörenden Geste steckte sie dem großen Gesicht das zarte Gebilde entgegen, als erwarte sie eine wunderbare Verwandlung von diesem Anblick.

Der Mann lachte rauh auf, riß das Ding an sich, drehte es in den Händen herum und warf es an den nächsten Stein. Dann stapfte er weiter in den grauen Regentag.

Das Kind stand wie gelähmt, es sah die weißen Scherben langsam in die aufgeweichte Erde versinken.

Endlich wandte es sich ab und ging zurück. Obgleich es die Augen weit aufgerissen hatte, stieß es einmal gegen einen Baum und fiel in die nasse Wiese. Es schien ein endloser Weg zurück, und Marili wußte nicht genau, wohin er führte, es war alles wie im Traum. Auch die angstvollen Fragen der Großmutter ließ sie über sich ergehen, ohne zu antworten, sie verstand nicht, wovon die Rede war. Erst als sie neben dem Großvater vor ihrem Teller saß, ließ sie plötzlich den Löffel fallen und begann zu weinen, die kleinen Fäuste fest in die Augen gepreßt.

»Sie ist krank«, hörte sie die Stimme der alten Frau, dann verkroch sie sich in eine dunkle Höhle und wußte nichts mehr.

Als Marili die Augen aufschlug, saß die Großmutter an ihrem Bett und strickte. Ein feiner roter Schleier lag über dem ganzen Zimmer, und sie konnte nichts deutlich sehen. Auch das Bett stand nicht still, sondern schien sich fortwährend zu verändern. Sie versuchte mit einer Hand den roten Nebel von den Augen wegzuschieben, aber es war ein zu weiter Weg von der Bettdecke bis zu ihrem Gesicht. Dann wurde es wieder finster, und sie fiel in einen tiefen Graben.

Später stand ein großer Herr neben dem Bett und redete auf die Großeltern ein, die sehr traurig schienen. Aber Marili hatte nicht Zeit, darauf zu achten, sie hatte etwas Wichtiges verloren und mußte es suchen. Gesichter kamen auf sie zu und zerflossen, sobald sie nahe waren, aufgerissene Münder, rote, blaue und gelbe Augen. Immer wieder Gesichter, es machte so müde und schwindlig, ihnen auszuweichen, und sie war doch so in Eile und der Weg noch so weit.

Manchmal stand die Großmutter da und hielt ihr ein Glas an die Lippen. Marili schluckte durstig und schwamm weiter gegen den Strom der drohenden Gesichter.

Plötzlich verwandelten sie sich in Waldameisen, die auf der Straße dahinmarschierten. Das eintönige Getrappel der vielen Füße, die in unförmig großen Schuhen staken, peinigte sie so sehr, daß sie verzweifelt zu schluchzen anhob.

Sie kletterte über Hügel und Wiesen, und alles war böse zu ihr. Die Bäume standen riesig und drohend gegen den Himmel und versperrten ihr den Weg. Aber das kam nur daher, daß sie jenes Wichtige und Kostbare verloren hatte. Und sie war schon so müde, ihr Kopf wackelte wie auf einem dünnen Stengel, sie hatte die größte Angst, ihn zu verlieren.

»Laßt mich rasten«, bettelte sie, aber das feindselige Schweigen der Bäume trieb sie weiter. Irgendwo wohnte der liebe Gott, aber auch er wollte nicht helfen, und ein wilder Trotz überfiel sie.

»Und ich mag nicht mehr«, sagte sie laut, »ich will jetzt heimkommen«, und sie fiel mit dem Gesicht auf die Wiese und schloß die Augen. Aber da war es plötzlich nicht mehr die Wiese, sondern ihr weißes Bett, und die Großmutter stand über sie gebeugt und sah mit gespanntem Ausdruck auf sie nieder. Es war sehr heiß im Zimmer, und sie fühlte etwas Warmes über ihre Brust laufen. Der Großvater steckte seinen Kopf durch den Türspalt und sah auf ihr Bett. Die alte Frau lächelte und sagte: »Sie ist ganz naß vor Schweiß.«

Und dann holte sie ein frisches Hemdchen und zog Marili um.

Es war ein heller, stiller Morgen, vor dem Fenster stand eine weiße Wolke mit rosigen Bändern, die wuchs und bald den ganzen Himmel bedeckte.

Und dann begann es zu schneien.

»Du hast uns große Sorgen gemacht«, sagte der Großvater, »aber jetzt ist alles wieder gut.«

Marili sah auf ihre Hände, die sonderbar gelb und winzig auf der Decke lagen. Sie waren matt und so mager, daß man jedes Knöchelchen sehen konnte, aber doch ihre eigenen Hände, mit denen sie Eidechsen und Frösche gestreichelt hatte und die so gern in der feuchten Erde gewühlt hatten.

Nun waren ihre Nägel sauber und durchsichtig, es war alles ein wenig fremd und verändert.

Der nackte Sohn Gottes sah aus seinem Bild auf sie nieder. Er war heute nicht erzürnt, nur traurig. Immer noch schien er auf etwas zu warten. Marili fühlte sich bedrängt und wandte ratlos den Kopf zur Seite.

Erst beim Anblick der beiden alten Gesichter an ihrem Bett begann laue Wärme aus ihrem Herzen zu tropfen und durch den ganzen Leib zu sickern bis in die Finger und Zehenspitzen. Ihre Augen wanderten von einem zum andern und ruhten auf dem weißen Wolkenhimmel aus. Und plötzlich schien es ihr, als habe sie diesen weißen Himmel mit den rosigen Streifen schon immer gesucht. Ein schwaches Entzücken erfüllte sie ganz, sie streckte die mageren Arme nach dem Fenster aus und lachte leise und glücklich.

Der Großvater putzte sich die Nase und ging rasch aus dem Zimmer. Der Duft seines Schlafrockes war noch eine Weile im Raum, und das kleine Mädchen schlief lächelnd ein.

Die Großmutter blieb noch ein wenig sitzen, dann erhob sie sich und trat ans Fenster.

Die großen Flocken sanken lautlos nieder und blieben auf dem Mauervorsprung liegen; ein zarter weißer Schleier, durch den man noch das Grau des Steines sah, aber bald würde auch dieses Grau verborgen sein. Auch morgen würde es schneien und den ganzen langen Winter hindurch.

Wir töten Stella erschien erstmals 1958 im Bergland Verlag, Wien, und wurde 1985 in einer gesonderten Ausgabe vom Claassen Verlag, Düsseldorf, neu herausgegeben.
Das fünfte Jahr wurde 1952 im Jungbrunnen Verlag, Wien, veröffentlicht. Es war Marlen Haushofers erste Publikation in Buchform.
Beide Novellen wurden in den 1986 im Claassen Verlag erschienenen Erzählband *Schreckliche Treue* aufgenommen.

Marlen Haushofer

DIE WAND

Roman

ISBN 978-3-548-61066-5

Verfilmt mit Martina Gedeck

»Verdutzt streckte ich die Hand aus und berührte etwas Glattes und Kühles: einen glatten, kühlen Widerstand an einer Stelle, an der doch gar nichts sein konnte als Luft. Zögernd versuchte ich es noch einmal, und wieder ruhte meine Hand wie auf der Scheibe eines Fensters. Dann hörte ich lautes Pochen, sah um mich und begriff, daß es mein Herzschlag war, der mir in den Ohren dröhnte. Mein Herz hatte sich schon gefürchtet, ehe ich es wußte.«

»Wenn mich jemand nach den wichtigsten Büchern fragen würde, gehörte dieses auf jeden Fall dazu.« *Elke Heidenreich*

List

www.list-taschenbuch.de

L499